꽃멍

꽃명

초판 발행 2025년 3월 5일
지은이 양광모
펴낸이 김선기
펴낸곳 (주)푸른길
출판등록 1996년 4월 12일 제16-1292호
주소 (08377) 서울시 구로구 디지털로 33길 48 대륭포스트타워 7차 1008호
전화 02-523-2907, 6942-9570~2
팩스 02-523-2951
이메일 purungilbook@naver.com
홈페이지 www.purungil.com
ISBN 979-11-7267-040-5 03810

© 양광모, 2025

*이 책은 (주)푸른길과 저작권자와의 계약에 따라 보호받는 저작물이므로 본사의
서면 허락 없이는 어떠한 형태나 수단으로도 이 책의 내용을 이용하지 못합니다.

양광모 신작 시집

꽃멍

푸른길

시인의 말

스무 번째 신작 시집이다.

몇 걸음 더 내디뎠다는 안도의 마음과
여전히 언어가
詩의 알 속에 갇혀 있다는
아쉬움이 교차한다.

다만, 부단한 두드림 속에 느껴지는
미세한 균열!

그리 멀지 않은 날에
詩의 껍질을 산산이 깨뜨리고
시원始原의 언어로 날아가리라.

시를 쓰기 시작한 후로
훌쩍 십삼 년의 시간이 흘렀다.
그동안 스무 개의 바다를 함께 건너 준
독자들에게 깊은 경의를 보낸다.

2025년 봄
양광모

차례

Ⅲ. 그냥 좀 살면 안 되나

IV. 꽃이 되고 싶은 날 많았으나

I

우리가 세상을
건너갈 때

무명씨

나는야 무명 시인
꽃씨 몇 개 손에 쥐고
불씨 몇 개 남아 있지 않은 세상을
풀씨처럼 바람이 부는 대로 떠돌아다니네

나는야 무명씨*
목화꽃을 피우는 사람
세상의 윗목을 솜이불로 덮어주네

거기 이 시를 읽고 있는 분
그대 마음속 오늘의 날씨는 어떠신지

*무명씨 : 이름을 알 수 없는 사람, 목화의 씨

1월 1일의 기도

우리도 물론 알고 있답니다
나무에게는 지난해, 새해가 없고
새들에게는 12월 31일, 1월 1일이 없다는 것을
그러니 이것은 단지
우리의 기도일 뿐이라는 사실을
오늘 떠오른 해가
어제 떠오른 해와 똑같다 해도
새로운 눈으로 세상을 바라보겠노라고
오늘 일어날 일들이
어제 일어난 일들과 똑같다 해도
새로운 꿈과 희망을 안고 살아가겠노라고

이것은 일종의 출발선이니
경주에 임하는 선수의 마음으로
앞을 향해 힘차게 달려가겠노라고
마지막 결승점에 이를 때까지
결코 포기하지 않겠노라고
나와 함께 달려가는 사람들이
돌부리에 걸려 넘어지지는 않는지
옆을 살펴보며 달리겠노라고
앞만 보고 달리느라 잃어버리는 건 없는지
가끔은 푸른 하늘을 바라보겠노라고

우리는 물론 알고 있답니다
1월 1일의 기도가
가장 높고 맑고 아름답다는 것을
그 기도의 힘으로
때로는 삶이 바뀌기도 한다는 것을
어쩌면 우리가 세상을 바꿀 수도 있다는 것을

12월의 시

이루지 못한 꿈을 위해 기도합시다
부르지 못한 노래,
떠나지 못한 여행,
전하지 못한 따뜻한 말 한마디,
미처 다 주지 못한 사랑을 위해 기도합시다

저 멀리 우주 밖으로 날아가는 시간들
그 뒤를 따라 사라지는 얼굴들
삶은 별똥별 하나
땅에 내려앉는 동안의 일이지만
한 해의 꽃은 12월에 만개하는 것

꼭 이뤄야 할 꿈을 위해 기도합시다
다시 불러야 할 노래,
홀로 떠나야 할 여행,
가슴으로 안아줘야 할 사람들,
이제라도 피어야 할 꽃을 위해 기도합시다

사람꽃

누구였을까
불을 꽃이라 부르기 시작한 이
그때 그의 눈에 피어나던
불의 꽃은 어떤 향기를 지녔을까
그 꽃잎 떨어져 내릴 때
슬쩍 눈가에 이슬도 맺혔을까
다시 뜨겁게 피어날 날 손꼽아 기다렸을까
어쩌면 빙하기의 깊고 깊은 동굴 속이었으리
다만 칠흑의 어둠 속에서
빨갛게 피어오르는 춤사위를 바라보며
묵묵히 봄을 기다렸으리, 기다리며 깨달았으리
얼음도 꽃이고 눈도 꽃이고 불도 꽃이거늘
사람인들 왜 꽃이 아니겠느냐고
심장의 불꽃, 일제히 몽우리를 터뜨렸으리

햇살문

유리창을 넘어
거실로 걸어 들어온 햇살이
직사각형의 길쭉한 문을
벽에 만들었다
저 햇살의 문을 열고 들어서면
어떤 세상이 펼쳐질까
엉뚱한 생각이 일어나는데
어찌 보면 문 주변의 그늘이 기둥 아니겠는가
그늘의 기둥이
위, 아래, 옆을 받쳐줘서
저리 햇살문으로 설 수 있는 게 아니겠는가
문득 또 다른 생각이 이리 말하기에
나는 햇살문으로 다가가
그늘의 기둥을 슬며시 어루만져주었다
어찌 보면 슬픔이 기쁨으로 들어가는
문의 기둥인지도 모르겠다 싶었다

손을 흔들었다

새로 개통된 동해선 기차
창가 자리에 앉아
무연히 눈 쌓인 겨울 풍경을 바라보는데
후포를 지날 무렵
공원 운동기구 앞에 서 있던
노부부 한 쌍이
기차를 향해 손을 흔들었다
조금을 더 북으로 올라가는데
이번에는 등굣길 초등학생 여럿이
멀리서 기차를 향해
일제히 손을 흔들었다
세상이여, 아직 너의 가슴에는
따스한 온기가 군데군데 남아 있구나
사람이여, 우리가 저마다
생을 가로질러 달리는 외로운 기차겠구나
나는 사람들이 지나갈 때마다
무사히 생의 종착역까지
행복하게 잘 도착하라고
창밖을 향해 마구 손을 흔들었다

성에

성에가 낀 유리창에
글자를 쓰며 알았다

삶이란 얼음조각들을 긁어내어
소망의 문장을 남기는 일이라는 것을

행복과 불행은
실내와 실외 온도 정도의 차이라는 것을

수만 년 전 동굴 속에서나
우주선이 달에 착륙하는 현대에서나
사랑에는 늘 빙하기가 찾아온다는 것을

사람은 누구나
제 안에 글자 몇 개 새긴 채
서늘히 살아가는 성에라는 것을

그래도 우리는
오늘이라는 시간에
호, 입김을 불며 살아야 한다는 것을

오히려 죽음은 겨울볕인지도 모른다는 것을

겨울날의 묵상

눈은 왜 흰색인지

얼음으로 변해
동면에 잠기는 물은
무엇을 꿈꾸며 겨울을 나는지

동백꽃의 뺨이
불타듯 붉은 이유는
사랑 때문인지 노동의 열기 때문인지

매화나무 가지는
꽃에게 안겨줄 향기를 만들며
얼마나 터질 듯한 기쁨에 들떠 있는지

외투 주머니 속에
꼬옥 맞잡고 있는 연인들의 손에는
어디서 봄바람이 불어오는지

겨울이 얼마나 맑게 잘 닦인 거울인지

우리가 그 앞에 설 때마다
삶의 매무새를
어떻게 정갈히 가다듬어야 하는지

성탄절

나는 이 세상에 아기로 왔느니
너희가 나와 한 몸이라는 것을
알려주기 위함이요,
나는 이 세상에 울음으로 왔느니
인간의 고통을
내가 함께 겪고 있다는 것을
알려주기 위함이라,
나는 이 세상에 마구간으로 왔느니
가장 위대한 행적도
가장 초라하게 시작될 수 있다는 것을
알려주기 위한 까닭이니라

그리고 또 나는 너희에게 일러주느니
이 땅에 아기들이 태어나면
나를 대하듯 경배해야 한다는 것을,
산타클로스를 기다리는 아이를
슬프게 만드는 일은
천사에게 죄를 짓는 일과 같다는 것을,
어른이 된다는 건
산타클로스를 더는 믿지 못하는 게 아니라
인간이 산타클로스라는 믿음을 갖는 일이라는 것을,
노인들에게도 산타클로스는 필요하다는 것을,

때로는 그들이 가장 절실하다는 것을

사람아, 내가 이 세상에 온 것은
축복받기 위함이 아니라
축복하기 위해 온 것이요,
사랑받기 위함이 아니라
사랑하기 위해 온 것이니,
오늘은 너희가 스스로 아기 예수가 되어라
오늘은 너희가 진정 사랑스런 아이들이 되어라
내가 이 세상에 축가로 다시 오리니

정말 모르겠어

모르겠어
인간이 선한 존재인지
삶은 살 만한 가치가 있는 것인지
선이 악과의 전쟁에서 반드시 승리하는지

이봐요, 대답 좀 해주세요
그곳의 일에 대해서는 알고 싶지 않아요
지금 우리가 이곳에서 겪고 있는 일들이
들리지 않나요

정말 모르겠어
신은 존재하는지
착한 사람들만 천국에 갈 수 있는지
개미와 거미와 장미는
어느 곳으로 입장하게 되는지

이봐요, 눈 좀 떠봐요
우리에게 영원한 잠을 주신 분,
살아 있는 동안이라도
우리의 영혼을 깨어 있게 해줄 수는 없나요
지금 우리가 이곳에서 허둥대는 모습이
보이지 않나요

온통 어둠에 둘러싸여 있는데도
그 속에서 빛을 찾으려 애쓰며
찰나의 시간이나마
조금 더 밝은 쪽을 향해
비틀거리며 걸어가고 있는

그것으로 충분한 건가요?

질문들

삶의 여하한 일들이
모두 아무런 의미가 없다면
무의미는 어떤 의미를 지니고 있는가

태양 아래 절대적인 진리는 없고
모든 것이 상대적이다, 라고 말한다면
이 문장은 절대적인가, 상대적인가

하루살이는 하루를 짧다 말하고
인간은 백 년을 짧다 말하는데
태양과 달, 지구와 별에게
만 년 백만 년 일억 년은 긴 것인가, 짧은 것인가
영원도 찰나에 불과한 것은 아닌가

유한한 존재인 인간이
'영원히 사랑합니다'라고 말한다면
그가 누군가를 영원히 사랑하는 일은
도저히 불가능한 것인가

한 인간이 욕망에서
벗어나고자 애쓰며 산다면
그는 또 다른 욕망 하나를

충족시키려 애쓰며 사는 것은 아닌가

도덕과 양심이 사회를 유지하기 위해
인위적으로 만들어진 감옥이라면
우리는 어떻게 그 감옥에서 벗어날 수 있는가
우리가 이미 그 창살 자체일 때

본능에 충실하며 사는 행복을 찬양할 때
우리는 본능과 사회화된 욕망을
어떻게 구분할 수 있는가
물과 커피와 술을 마시는 일은
각각 어느 쪽에 해당되는가
현대 사회의 물질적 욕망은
본능인가, 사회화된 욕망인가

인생의 목적이 행복이라면
혹시 인간이 그 수단인 것은 아닐까
행복을 이루기 위한 도구로
살고 있는 것은 아닐까

인간의 조상이 원숭이라는 사실은
만물의 영장이라는 인간의 실체를

매우 초라하게 만드는 일인가
아니면 더욱 큰 감탄을 자아내는 일인가

인생이라는 바다에서
항로를 알려줄
나침반과 별자리가 없다면
우리는 어느 곳을 향해
뱃머리를 돌려야 하는가
그저 바람과 조류에 방향을 맡긴 채
떠돌아야 하는가

죽음 이후의 세상에 천국이 있다면
그곳에 들어갈 수 있는 자격은
지구에서 가장 고통 받고
가장 많은 눈물을 흘린 생명체라야 맞지 않을까

이 시는 당신에게 무엇을 줄 수 있을까
단지 생각만이 아닌 하나의 행동,
하나의 실천을 줄 수 있을까
그 때 우리는 무언가를 창조하고 있는 것은 아닐까

대답들

우주는 사라지고
시간은 멈춘다는 것을
의미도 무의미도 무의미해진다는 것을
더 이상 행복과 불행을 느끼지 못한다는 것을
장미꽃 향기를 맡을 수 없다는 것을
별똥별이 떨어질 때 소원을 빌 수도 없다는 것을
사랑하는 사람의 얼굴을 다시는 볼 수 없다는 것을
진리와 도덕과 본능도 땅속에 묻힌다는 것을
옳다, 그르다 토론할 수도 없다는 것을
꿈꿀 수도 없고, 후회할 수도 없다는 것을
웃을 수도, 울 수도, 화낼 수도 없다는 것을

오늘 죽음이 찾아온다면 그리 되리라는 것을
오늘이 아니더라도 내일 찾아올 수 있다는 것을
반드시 한 번은 찾아온다는 것을
그러니 대답을 찾기에는 너무 짧다는 것을
단 하나의 질문에만 대답하면 된다는 것을
너의 삶이었는가, 라는

꽃멍

멍하니 불을 바라보고
멍하니 물을 바라본다

살아가는 일에 멍이 든 영혼일수록
골똘한 법인데

멍하니 하늘을 바라보고
멍하니 별을 바라본다

살다 보면 누구나 푸른 멍
한두 개쯤 몸에 지니기 마련인데

아름다운 사람아,
마음에 그늘 지는 날에는
꽃멍을 하자, 새벽부터 밤까지
물끄러미 초롱한 눈으로 꽃멍을 하자

랑

랑이라는 말 참 좋지요

삶의 이랑과 고랑을 지나갈 때
사랑은 명랑은
얼마나 든든한 힘이고
노랑과 파랑은
얼마나 밝은 기쁨인지요

살랑살랑 부는 바람
찰랑찰랑 흐르는 물
말랑말랑한 빵

소박한 삶의 날들에
낭랑은 얼마나 맑은 노래고
너랑 나랑은 얼마나 정다운 신랑신부인지요

이 시를 읽으며
살며시 미소 짓는 마음
얼마나 높고 큰 자랑인지요

흰 꽃잎으로 붉은 심장을

꽃잎으로 눈을
슬며시 덮어주는 날이 있다

세상이 늙은 주정뱅이 같을 때
사랑이 뱀이 벗어놓은 허물 같을 때
인류가 강물에 휩쓸려 떠내려가는 개미 떼 같을 때
삶이 예수의 몸에 박힌 긴 못 같을 때

꽃잎을 입에 물려주고
꽃잎으로 귀를 막아주고
꽃잎으로 손과 발, 얼굴을 닦아주는 날이 있다

희어라, 피여
희어라, 적색의 날들이여

흰 꽃잎으로 붉은 심장을
지긋이 물들여주는 날이 있다

삶에서 슬픔이 태어난다

삶에서 슬픔이 태어난다
슬픔에서 눈물이 태어나고
눈물에서 씻겨진 내가 태어나고
씻겨진 내가 한 줄기 더 맑은 삶을 낳는다

나의 어머니, 슬픔이여
나의 어린 아들, 삶이여

삶에서 고통이 태어난다
고통에서 아픔이 태어나고
아픔에서 깎여진 내가 태어나고
깎여진 내가 더 한 뼘 더 큰 삶을 낳는다

나의 아버지, 고통이여
나의 성장한 딸, 삶이여

그리고 아내여,
태양의 이마여, 달의 뒷면이여,
너의 젖을 먹으며 자란 우리의 자식들은
용감히 늙으리라
슬픔이나 고통은 낙엽쯤으로나 여기며
겨울나무처럼 훌훌 옷을 벗으리라
마침내 겸허히 푸른 죽음을 낳으리라

두 개의 영혼

나는 알지 못하지
순간을 영원으로 사는 비결을
유한을 무한으로 늘리는 비법을
창백한 푸른 점에서
우주의 먼 외곽까지
훌쩍 날아갔다 돌아오는 방법을
과거와 미래를 넘나드는 법을
태초와 인류 최후의 날을 이어붙이는 법을
인간이 어떻게 한 몸으로
천사가 되었다가 악마가 될 수 있는지를
또는 악마였다가 천사가 될 수 있는지를
그토록 가는 심지를 갖고서도
어떻게 꺼지지 않는 불멸의 사랑을 꿈꿀 수 있는지를
삶이 끝나기 전에 이미 죽으면서
죽음 이후에도 살아남고 싶어 하는지를
그러나 나는 알고 있지
인간의 영혼은 스스로를 너라고 부른다는 것을
그러니 어쩌면 우리에게는
두 개의 영혼이 존재하는지도 모른다는 것을
그것이 위안이 될지
또 하나의 절망이 될지는 알 수 없지만
결국 아무런 대안이 없는 것보다는

낫다는 것을, 어쩌면 행운을 믿듯
또 하나의 십자가를 믿어야 한다는 것을

우리가 세상을 건너갈 때

우리가 세상을 건너갈 때
무엇을 배로 삼아야 할까
거친 물결이 모든 것을 휩쓸 듯 흐르는데

우리가 세상을 넘어갈 때
무엇이 날개가 되어 줄까
거센 바람이 모든 것을 날려버릴 듯 부는데

가난한 사람아
꿈꾸는 사람아
해맑은 사람아
가슴에 사랑을 품고 살아가는 사람아

우리가 세상을 건너갈 때
무엇을 손에 쥐고 가야 할까
한 번 건너면 다시는 돌아올 수 없다는데
우리가 저곳에 무엇을 선물로 가져가야 할까
우리가 이곳에 무엇을 선물로 남겨두고 떠나야 할까

국밥 한 그릇

어느 흐린 날에는
국밥 한 그릇 먹겠네
삶이 식을 만치 식어
어찌해도 덥혀지지 않는 저녁
일없이 설움은 북받쳐 오르고
뜬금없이 눈물만 쏟아질 것 같은 저녁
산다는 일이 돌덩이 같아
밥알이 모래알처럼 느껴지는 저녁
얼큰한 국밥 한 그릇 먹겠네
후우 후우 김을 불며
뜨거운 국물에 입천장을 데면서도
마지막 한 방울까지
남김없이 모두 들이마신 후
뚝배기를 식탁 위에 텅하니 내려놓으며
역시나, 역시나, 고개 연신 끄덕이겠네
어느 흐려도 몹시 흐린 날에는
뜨끈한 국밥 한 그릇 적적한 생에 대접하겠네

위로

이 세상 살아가는 동안
누군가의 진실한 위로를 받는다는 건
얼마나 햇살 같은 일인가

이 세상 살아가는 동안
누군가에게 진정한 위로가 된다는 건
얼마나 꽃다운 일인가

밤은 어둡고
겨울은 길고
살아가는 일은 거칠어
우리는 곧잘 길에서 넘어지는데

손을 잡아주고
어깨와 등을 토닥거려주고
용기를 불러일으키는 말을 건네주는 건
차가운 세상에 얼마나 온기를 더하는 일인가

사람아, 너와 내가
서로에게 위로가 될 수 있다는 건
자칫 먼지처럼 가볍게 끝날 지도 모를
우리의 생에 얼마나 큰 위로가 되는 일인가

사람이 그의 마음으로

사람이 나의 마음으로
누군가를 사랑할 때는
가슴에 깊은 강 하나 생겨
낮이나 밤이나
윤슬 가득 안고 흐르지만
사람이 그의 마음으로
누군가를 사랑할 때는
강물 위에 다리 하나 세우는 것이다
세상의 거센 물결을
슬픔 없이 그가 건너갈 수 있도록

사람이 나의 마음으로
누군가를 사랑할 때는
가슴에 넓은 바다 하나 생겨
새벽이나 저녁이나
밀물과 썰물 늘상 드나들지만
사람이 그의 마음으로
누군가를 사랑할 때는
바다에 배 한 척 띄우는 것이다
세상의 거친 파도를
아픔 없이 그가 항해할 수 있도록

사람이 사람을 사랑할 때는
나의 심장이 아니라
그의 심장으로 해야 하는 것이다
그의 심장이 오직 그를 위해 뛰듯
단 한 사람을 위한 기도로 사랑해야 하는 것이다

독법

맹랑을 명랑으로 읽는다
벌을 별로 읽고
벌레를 발레로 읽는다
발을 볼로 읽고
볼을 불로 읽고
불을 뿔로 읽는다
삶을 쌈으로 읽고
쌈을 땀으로 읽는다
사랑을 사탕으로 읽고
사탕을 사탄으로 읽고
사탄을 성탄으로 읽는다
인생을 인상으로 읽고
인상을 일상으로 읽고
일상을 이상으로 읽는다
읽는다를 잃는다로 읽고
잃는다를 잊는다로 읽고
잊는다를 있는다로 읽는다
죽음을 묵음이라 읽고
묵음을 무음이라 읽고
무음을 묻음이라 읽는다
문화를 만화라 읽고
문명을 문맹이라 읽고

독법을 독방이라 읽는다
문을 열고 뛰쳐나가야 한다고 읽는다

따뜻한 것이 흐르기만 한다면야

봄볕 같은 시를 쓰자
아랫목 같은 시
국밥 같은 시
어머니 품속 같은 시

여기서 시를 사람이,
쓰자를 되자로 바꿔 읽어도 좋음

봄볕 같은 사람이 되자
아랫목 같은 사람
국밥 같은 사람
어머니 품속 같은 사람

여기서 사람을 사랑을,
되자를 하자로 바꿔 말해도 좋음

봄볕 같은 사랑을 하자
아랫목 같은 사랑
국밥 같은 사랑
어머니 품속 같은 사랑

그러니 결국 무엇이 중요하겠는가
시든 사람이든 사랑이든
그 안에 무언가 따뜻한 것이 흐르기만 한다면야

Ⅱ

꽃잎향

새해를 맞는 건

꽃 한 송이 심지 않고
또 한 해를 살아왔다니
조금 부끄러운 일입니다마는
꽃 한 송이 꺾지 않고
또 한 해를 살아왔으니
얼마나 감사한 삶인지요

땅 속에서 새해를 맞는
벌레들도 많고
얼음 밑에서 새해를 맞는
물고기들도 많은데
푸른 하늘을 바라보며
새해를 맞는 건
얼마나 축복받은 삶인지요

지난 겨울 쓰러진 나무들과
지난 봄 떨어진 꽃들과
지난 여름 폭우에 휩쓸린 생명들과
지난 가을 우주 밖으로 스러진 별들을 위해
두 손 모아 기도하며
이제 막 둥지를 처음 날아오르는
어린 새의 마음으로

새해를 맞는 건
그 얼마나 가슴 벅찬 날갯짓인지요

설날

사람이 사람에게
무릎을 꿇고 절하는 일이
이처럼 손꼽아 기다려지는 날이 또 있을까

깨끗한 신권으로 준비한 세뱃돈을
고사리 같은 손에 쥐어주는 일이
이토록 큰 기쁨을 안겨주는 날이 또 있을까

설날 떡국을 먹어야
한 살씩 나이를 더 먹는다는데
어서 어른이 되고 싶은 아이들아
너희는 두세 그릇씩 먹으렴
나는 이미 배가 많이 부르구나

다만 기억하여라
세상은 윷놀이와 같아
부지런히 말을 달려도 뒤처질 때가 있지만
도개걸윷모가 언제 나올지는
그 누구도 알 수 없다는 사실을

온 가족이 둘러앉아
힘내라, 잘 될 거야, 건강하세요, 복 받으세요,

뜨거운 응원을 주고받으니
이렇게 흥겨운 운동회가 또 어디 있을까

선수 여러분, 주목!
각자의 삶에 최선을 다하고
내년 운동회에 반갑게 다시 만납시다

2월

봄을 노래하기에는
아직 눈이 쌓여 있고
겨울을 불평하기에는
조금씩 언 땅이 녹기 시작하는 달

너무 조바심내지 말 것
그렇잖아도 신이 이삼일을 줄여주었으니
2월은 앞당기는 달

신은 봄을 앞당기고
사람은 꿈과 희망을 앞당기는 달

봄

일어나는 것이다
새싹이 대지를 뚫고
새순이 나뭇가지를 뚫고
온갖 생명의 붐이 일어나는 것이다

일으키는 것이다
대지가 새싹을 부축하고
나뭇가지가 새순의 손을 잡아당겨
온갖 생명의 붐을 일으키는 것이다

봄을 기다리는 사람아,
먼저 생명의 붐을 불러와야 하는 것이다
먼저 희망의 붐을 일으켜야 하는 것이다

잘 가라, 태양의 해여(송년 축시)

한때는 새해였던 해여,
이제는 지난해, 묵은해로
이름을 바꾸려는 해여,
과거와 영원 속으로 너를 떠나보내며
그보다 고운 이름을 지어주느니
나는 너를 꽃의 해, 별의 해라 부르리라
삼백육십오 송이의 꽃이 피었던 해여,
삼백육십오 개의 별이 반짝였던 해여,
어찌 그날이 기쁨과 웃음뿐이겠느냐마는
슬픔과 눈물 또한
시간의 들판에서는 꽃이요, 별 아니겠느냐
너의 간절했던 향기,
너의 치열했던 빛,
내 삶의 마지막 해까지 간직하리니
안녕, 꽃처럼 살고자 애쓰던 날들이여
안녕, 별처럼 살고자 잠 못 이루던 날들이여
이제 너를 축복 속에 떠나보내며
나는 다시 미지의 들판을 성큼성큼 걸어가리니
잘 가라, 살고자 뜨거웠던 날들이여,
잘 가라, 태양의 해여!

힘

호수 기슭에 서 있던 나무가
지난 밤 내린 폭설에
온통 나뭇가지가 부러진 채
물 위로 쓰러지지 않으려
간신히 버티고 있는 모습을 보았다
두말할 것 없이 뿌리로
안간힘을 쓰고 있는 것인데
저 뿌리의 힘은 어디서 나오는가
단지 생명체의 본능적 행동에 불과할 뿐인가
아니면 반드시 봄을 맞을 수 있으리라는 희망,
다시 한 번 꽃을 피우고 싶다는 열정,
더욱 알찬 열매를 맺으리라는 꿈,
우듬지에 날아들던 새들을 향한 사랑,
밤하늘 별들을 바라보면 빌던 소망의 기도,
그 모든 것들이 함께 어우러진 것은 아닐까
아니, 어쩌면 몸통과 가지를 살리겠다는
뿌리의 헌신적인 희생은 아닐까
사람 또한 오직 생명력에 의해서만
목숨을 유지하며 살아가는 게 아니라면
지금 우리는 어떤 힘으로
삶이 쓰러지지 않도록 꽉 움켜쥐고 있는가

나목

사람아,
겨울을 지나지 않고
어찌 봄에 도착할 수 있으며
헌 옷을 벗지 않고
어찌 새 옷을 갈아입을 수 있겠느냐
모래알보다 가벼운 눈도
천 송이 만 송이가 쌓이면
굵은 나뭇가지를 부러뜨리는 것

사람아,
겨울에 뿌리가 땀을 흘리지 않고
어찌 봄에 꽃을 피울 수 있으며
나뭇가지가 봄에 꽃을 피우기 위해
얼마나 온몸으로 눈송이를 털어내겠느냐
매서운 겨울바람이 불어올 때마다
윙윙 윙윙 힘껏 울지 않겠느냐

돌

발이 없어서 돌은 막막했던 것이다
다가가고 싶은 사람에게 다가갈 수 없어서
손이 없어서 돌은 슬펐던 것이다
만지고 싶은 것을 만질 수 없어서
눈이 없어서 돌은 갑갑했던 것이다
보고 싶은 것을 볼 수가 없어서
입이 없어서 돌은 먹먹했던 것이다
하고 싶은 말을 할 수 없어서
귀가 없어서 돌은 답답했던 것이다
새들의 노래를 들을 수 없어서
코가 없어서 돌은 안타까웠던 것이다
꽃의 향기를 맡을 수 없어서
돌은 결심했던 것이다
누구든 그가 내 위에 앉는 날,
오래 머물다 가도록 만들겠노라고
그래서 긴 세월 동안 돌은
바람에 제 몸을 둥글게 깎고 있는 것이다
마음이 자꾸만 돌 같아진다는 사람들이 있기에
써보는 것이다

때

밥을 먹어야 할 때는
배가 알려주고
잠을 자야 할 때는
눈과 입이 알려주고
잠에서 깨어나야 할 때는
귀가 알려준다

손이여,
네가 버려야 할 때를 알려주고
발이여,
네가 떠나야 할 때를 알려주고
심장이여,
네가 사랑해야 할 때를 알려주길

몸이여, 진정 삶을 뜨겁게 살아야 할 때를
네가 알려주길

나는 뿌리가 되리라

나는 뿌리가 되리라
꽃이 되지 않으리라
향기와 아름다움은
다른 이에게 맡기리라

나는 뿌리가 되리라
열매가 되지 않으리라
결실과 풍요로움은
다른 이의 몫으로 돌리리라

세상은 한 그루 나무
굵은 몸피와 높은 우듬지,
무성한 나뭇가지와 잎사귀,
그 나무에 둥지를 트는 새들을 위해

나는 거칠고 질긴 뿌리가 되리라
눈에 보이지 않는 어둠 속에서
묵묵히 물과 양분을 땅 위로 올려주리라

눈물의 뿌리

저마다 뿌리가 다르다는데
마구 웃어서 태어나기도 하고
늘어지게 하품을 해서 태어나기도 하고
먼지가 들어가서 태어나기도 하고
슬픔이 찾아와서 태어나기도 하는데
행여 그대의 눈가에 눈물 맺히거든
어느 가문의 출생이신가,
정중히 물어보라
아무래도 귀한 집안의 자제일수록
행동거지가 올바르지 않겠는가
만약 왕방울 같은 눈물이 맺히거든 경배하라
그는 왕족의 뿌리를 가졌음이니
사람아, 눈물이 그대를 왕으로 만드는 도다

한 걸음씩 걸어가는 것이다

한 걸음씩 걸어가는 것이다
해도 달도 별도
사슴도 토끼도
사람도
오직 한 걸음씩 전진하는 것이다

한 걸음에 달려 있는 것이다
머무를 것인지
뒤로 물러설 것인지
앞으로 나아갈 것인지
모두 한 걸음이 결정하는 것이다

달리기도, 마라톤도
지구의 자전과 공전도
역사의 발전도
영혼의 성장도

한 걸음과 한 걸음이 모아지는 것이다
오늘이라는 한 걸음이 모여서
일 년이 되고
미약한 용기 한 걸음이 모여서
강인한 도전이 되고

작은 발걸음들이 모여서
위대한 도약이 되는 것이다

그대여, 작은 미소 한 걸음이 모여서
크나큰 행복이 되는 것이다

아들아, 내게도 아버지가 있었단다

아들아,
내게도 아버지가 있었단다
한때는 너처럼 젊고 건강했던 사람
생의 많은 날들을 가난과 싸우다
겨우 평화가 찾아오자마자
병마와 힘겨운 싸움을 벌여야 했던 사람,
지금은 한 줌 흙으로 돌아간 사람,
자신의 아들을 제 몸보다 사랑하던
한 아버지가 있었단다

아들아,
언젠가는 네게도 아들이 있겠구나
이 세상 누구보다 소중해
너의 목숨을 내주어도 아깝지 않고
주고 또 줘도
늘 부족하게만 느껴지는
뜨겁고 애틋한 사랑,
네가 천상으로 돌아가는 날까지
결코 한순간도 식지 않을
한 아들이 있겠구나

아들아,

먼 훗날 너의 아들에게 말해다오
너의 아버지가 얼마나 자신의 아들을 사랑했는지
그의 아들이 얼마나 큰 기쁨을 아버지에게 주었는지
그의 아들이 아버지의 삶에 얼마나 큰 축복이었는지
꼭 말해다오, 그의 인생에 한 천사 한 영웅이 있었노라고

딸을 위한 기도

세상의 모든 딸은
천사로 찾아온다
그리하여 부모의 집을
기쁨과 사랑이 흘러넘치는
천국으로 만든다

세상의 모든 딸은
공주로 자라난다
그리하여 자신의 부모를
이 세상 가장 어깨 으쓱한
왕과 왕비로 만든다

그러니 딸이여,
인간의 거리를 걸어가다
발걸음 휘청거리는 날이면 기억하렴
너의 날개와 왕관을
우리가 소중히 간직하고 있다는 것을
언제라도 달려와
너에게 돌려달라 말하면 된다는 것을

세상의 모든 딸은
영원히 소녀로 남는다

그리하여 부모는
언제나 그들의 가슴속에
딸을 위한 날개와 왕관을 지키며 살아간다
세상의 모든 딸은 부모의 종교다

꽃

언제 피어나는지
어떤 빛깔의 색인지
꽃잎은 몇 개를 지녔는지
꽃대는 어느 정도나 굵은지
향기는 얼마나 그윽한지

나는 알지 못하네
다만 묵묵히 맑은 샘물을 뿌려줄 뿐
바라건대 이런 꽃말이기를

'뿌리까지도 꽃이었다'

꽃잎항

어느 곳엔가 있겠지

갑판에 꽃잎 가득 싣고
배가 떠나가는 항구

다시는 돌아올 수 없는
출항만을 위한 항구

닻을 끌어올리고
묶인 밧줄을 풀면
일제히 꽃잎을 하늘과 바다에 뿌리며
수평선을 향해 영원히 떠나가는 항구

슬픔이여,
나와 함께 그곳으로 가지 않으려는가

생의 꽃잎이여,
목련의 꽃잎들이여

가시를 사랑했네

나는 가시를 사랑했네
향기도 아름다움도 없기에
뾰족함 속에 날 선 고독을 보았기에
꽃을 지키기 위한 운명일 것이기에
세상의 모든 사람이 꽃을 사랑하기에

경침莖針, 엽침葉針, 피침皮針으로도 불리지만

각시를 닮은 이름,
가시버시를 꿈꾸게 만드는 이름,
나는 가시를 사랑했네
나 또한 날카로운 가시였기에
세상의 모든 가시는 슬픈 꿈일 것이기에

낙숫물

내 비록 한 방울씩 떨어지지만
반드시 뚫으리니

생의 어려움에 부딪혀
격렬한 슬픔과 고통 밀려드는 날이면
조용히 나의 이름을 부르리라

낙숫물이여,
끝내 뚫는 물이여,
지금 바위 위로 힘껏 떨어져라

조금만 더

조금만 더 욕심을 버리고
조금만 더 가진 것을 나누기로 합시다
조금만 더 용서하고
조금만 더 사랑하기로 합시다

세상을 아름답게 바꾸는 건
황금이 아니라 조금
삶을 따뜻하게 바꾸기 위해
지금 해야 할 일은 조금

조금만 더 눈물을 참고
조금만 더 밝게 웃기로 합시다
조금만 더 힘을 내고
조금만 더 땀을 흘리기로 합시다

영혼을 상하지 않게 만드는 건
소금이 아니라 조금

조금만 더 속도를 낮추고
조금만 더 천천히 걸어가기로 합시다
조금만 더 높은 꿈을 꾸고
조금만 더 맑은 생각을 하기로 합시다

겨울나무

나무야,

푸른 잎새 하나 없이
어떻게 겨울을 이겨내는 거니

몸통을 지키겠다는
뿌리의 헌신으로,
새봄에 다시 꽃을 피우겠다는
나뭇가지의 의지로,
가끔씩 나를 찾아와
노래를 불러주는 새들의 격려로

그리고 믿음으로!

신이 옷을 벗긴 데는
반드시 그만한 까닭이 있을 게라고

큰 일

불이 났거나
도둑이 들었거나
사업에 실패하거나
시험에 떨어졌거나
휴대폰을 잃어버렸거나
사람한테 배신을 당했거나
사랑이 떠나갔거나
이러한 일들은
큰일

그러한 모든 일들이 닥쳤을 때
의연히 이겨내는 것은
큰 일

이나저나 어차피 같은 삶의 길인데
큰일을 당하시겠는가
큰 일을 해내시겠는가

소소한 풍경

사람이 풍경이 되는 순간이 있다
낯선 사람에게 건네는
선한 미소가
꽃보다 아름답게 활짝 피어나는 풍경

사랑이 풍경이 되는 순간이 있다
다정히 손을 잡고 걸어가는
노부부의 뒷모습이
저녁노을보다 붉게 세상을 물들이는 풍경

주인공보다 배경으로
살아가는 날이 더 많으면 어떠랴
행복은 그저 한 폭의 소소한 풍경인 것을

행복이 풍경이 되는 공간이 있다
한 끼의 식사와 차를 놓고 둘러앉아
서로의 빈 접시와 빈 잔을 채워주며
웃고 기뻐하고 감사하는 풍경

생의 모든 날마다
그 속으로 들어가기 위해
힘껏 애써야 할 소소한 풍경들이 있다

우리가 서로에게 빛이 되어

짙은 어둠이 밀려와
길이 사라질 때
사람아, 우리가 서로에게
빛이 되어 길을 찾자

캄캄한 암흑이 밀려와
길을 잃을 때
사람아, 우리가 서로에게
촛불이 되어 길을 만들자

우리의 두 눈 밝은 빛으로
우리의 심장 눈부신 촛불로
우리의 영혼 꺼지지 않는 횃불로

사람아, 우리가 서로에게
붉은 희망이 되어
새벽으로 가는 첫걸음이 되자
새벽을 알리는 첫 햇살이 되자

마음아, 네가 점점 빛을 잃고 작아져서

우주가 점점 팽창하고
별들이 점점 멀어져서
사람들이 점점 고독해지는 걸까

사람들이 점점 초라해져서
별들이 점점 빛을 잃고
우주가 점점 헛배가 부풀어 오르는 걸까

마음아, 네가 점점 빛을 잃고 작아져서
별들이 점점 쓸쓸해지고
우주가 점점 등을 돌린다

거리에서 거리를 생각하다

저녁 먹거리를 마련하러
시장으로 향하는
거리에서 거리를 생각한다
세상의 모든 것들 사이에 거리가 있구나

지구와 달 사이의 거리
사람과 사람 사이의 거리
남자와 여자 사이의 거리
어른과 아이 사이의 거리
불행과 행복 사이의 거리
현실과 이상 사이의 거리
인간과 신 사이의 거리

제 아무리 멀리 떨어져 있어도
그곳까지 걸어갈 수 있는 거리가 있구나
우리가 지레 단념하지 말고
부지런히 걸음을 재촉해야 하겠구나
거리에서 거리를 꿈꾼다
세상의 모든 거리에 길이 있구나

저무는 강가에서

저무는 강가에서
물의 독경을 듣는다
보아라, 세상의 모든 것들이
때가 이르면 저물지 않느냐
낮도 저물고
한해도 저물고
바다도 저물고
거리도 저물고
젊음도 저물고 목숨도 저무는 것
그대 아직 아물지 못한 상처 있거든
이제 그만 먼 바다로 흘려보내라, 윤슬의
말씀이 반짝이며 들려오네
나는 다만 묵묵히 입을 다물고
노을빛 생각에 잔잔히 잠겼다가
잔물결 같은 몇 줄의 문장을
물의 경전에 덧붙여 적어놓으니
고독이 내 삶에 유일한 허영이기를
사랑이 내 삶에 최고의 사치이기를
생의 저물녘에 이르렀을 때
나의 영혼이 오래 메말라
바닥이 드러난 가문 강은 아니기를
맑고 깊은 강물이기를

길모퉁이

빨간머리 앤을 좋아하나요
이렇게 말했다는군요

— 모퉁이를 돌면 뭐가 있을지는 모르겠어요
하지만 가장 좋은 것이 기다린다고 믿을래요

오프라 윈프리를 본받고 싶나요
이런 말을 남겼다는군요

— 미래를 바라보았다
너무 눈부셔서 눈을 뜰 수가 없었다

사람들은 종종 걱정과
두려움에 사로잡혀 미래를 바라보지만
내일이라는 길모퉁이를 돌아서면
어떤 손님이 기다리고 있을지는
아무도 모르는 일

양광모 시인을 알고 있나요
이렇게 말했다는군요

— 잘 알지도 모르는 사람에 대해

함부로 말하는 거 아냐

어쩌면 미래란 태아와 같은 것 아닐런지요
그러니 부디 기쁨과 설레임 속에
태교에 힘쓰실 것

뭘 이런 걸 다

어느 초등학교 시험 문제의 오답이랍니다

  – 옆집 아주머니가 사과를 주셨습니다
뭐라고 인사를 해야 할까요, 정답은 '다'로 끝나는 단어입니다

  – 아이고, 뭘 이런 걸 다!

빙그레 웃으면서 생각해봅니다
살아가는 동안 신의 선물을 받았을 때
'아이고, 뭘 이런 걸 다!'라고 말하는 모습을
어쩌면 신의 입가에도 껄껄 웃음 떠오를
애어른스런 인사 아닐런지요

그런데 지금 그런 마음으로 살고는 있는 거겠지요
설마 넙죽넙죽 받고 있는 건 아니겠지요

말빚

법정 스님이 떠나며 남기신 말씀,
한 줄기 찬란한 빛이었다

"그동안 풀어놓은 말빚을 다음 생으로 가져가지 않으려 하니
부디 내 이름으로 출판한 모든 출판물을 더 이상 출간하지 말아
주십시오"

그 후로도 아직 어리석어
시를 쓰고, 시집을 출판하고
내가 풀어놓는 글빚이
작고 희미하더라도
한 줄기 따스한 글빛이 되기를 소망하지만

한 공기의 밥
한 잔의 물
한 송이의 꽃
옷과 신발과 별빛과 미소와 친절
이 모든 것들이 생명과 무생명에게 지는 빚인데

나는 무슨 빛으로
그 많은 빚을 갚아야 하나
오늘은 또 어떤 몸빚을 지으며

살아가고 있는가, 두려워
서둘러 글빛 한 줄을 풀어놓는다
존재하는 모든 것들은 다 빛이 되라*

*법정 스님, 『살아 있는 것은 다 행복하라』

우산

내가 쓴 시 중에
우산이라는 제목의 시가 있다

김수환 추기경의 '우산'
피천득 작가의 '비와 인생'

두 분의 이름과
전혀 다른 제목으로
세상을 떠돌아다닌다

처음에는 괴이하고
민망하고 송구했는데
곰곰이 그 뜻을 헤아려보니
본시 우산이란 게
서로 빌려주고 빌려 쓰는 물건 아니던가

혹시라도 필요하신 분은
언제든지 말씀하시라
본시 시라는 게
삶에서 비 좀 피해보자고 쓰는 물건 아니던가

창가를 사랑하는 사람은

카페에 들어서니
창가 자리가 모두 만석이다
이리도 창가를 사랑하거늘
어찌 우리 세상의 어둠을 걱정하랴
창가를 좋아하는 사람은
빛을 사랑하는 사람이다
창가를 좋아하는 사람은
그늘을 싫어하는 사람이다
창가를 좋아하는 사람은
희망을 사랑하는 사람이다
사람아, 우리가 창가에 앉자
창가에 앉기 위해 줄을 서서 기다리자
창가를 서성이며 뜬눈으로 새벽을 맞자
창가를 좋아하는 사람은
꿈이 많은 사람이다
창가를 좋아하는 사람은
태양을 사랑하는 사람이다
창가를 사랑하는 사람은
언제나 그의 마음에
넓고 큰 창 하나
푸른 하늘을 향해
활짝 열려 있는 사람이다

몰랐다

삶은 물음표와 느낌표 사이의 전쟁이라는 것을
죽음은 말줄임표 다음에 온다는 것을
성공은 밑줄을 꾸준히 긋는 일이라는 것을
행복이 가장 필요로 하는 건 쉼표라는 것을
우정은 따옴표 사이에 간직해야 한다는 것을
사랑은 겹따옴표 사이에 간직해야 한다는 것을
마침표는 우주의 움직임도 멈출 수 있다는 것을
어쩌면 지구가 마침표일지도 모른다는 것을
내가 알고 있는 지식은 겨우 점 하나라는 것을
인간은 죽음뿐만이 아니라 삶도 모른다는 것을
자기 자신에 대해서는 더욱 아무것도 모른다는 것을
그럼에도 모든 것을 아는 듯 행동한다는 것을
신이 침묵을 지키는 까닭이 바로 그 때문이라는 것을
이 시의 마지막에 어떤 문장부호를 찍어야 하는지를

III

그냥 좀 살면
안 되나

퇴색

이 즈음의 내가
가장 눈길을 주는 색

살짝 빛바랜 신념
조금 칠이 벗겨진 원칙
두루뭉실 어중간한 삶의 시선

잘 가라, 원색의 시간들이여
짙었던 꿈들이여,
절박했던 사랑이여,
핍진했던 슬픔들이여,

돌이켜보면 모든 색은 때였다
이제 나는 무채색의 평화를 꿈꾸느니
수백 년, 시간의 거친 물결을 건너온
어느 산사의 단청처럼
한 시절 울긋불긋 화려함을 자랑하던 색은
거진 빠져 사라지고
흑백의 무늬만 그리운 설화로 간직한 채
저녁 풍경소리에 흐린 귀를 씻으리라

살고 죽는 게

빛 하나 서서히 바래는 일인데
생명의 빛이여, 담대히 남은 시간들을 퇴색하자
초연과 중후의 빛깔로

삶

더듬는 것이다
분명 이쪽 주머니에 넣어두었는데

번갈아 더듬어보는 것이다
저쪽이었나

까뒤집는 것이다
애타는 마음에

에이, 바보 같으니라고
여기 있었군, 멋쩍게 웃는 것이다

종종 그럴 것이다
마침내 기어이 못 찾을 것이다

무애 無碍

술을 마실 줄 아느냐,
묻기에 일전에 끊었노라 대답했다
그래도 한 잔 마시겠느냐,
권하기에 그러면 마시겠노라 대답했다
끊었다면서 술을 마시면
그게 무에냐, 묻기에
그게 무애無碍라고 대답했다

낮과 밤사이에
벽이 있더냐고 물었다
산이 제아무리 높아도 하늘을
나는 새들을 막아 세우더냐고 물었다
밀물과 썰물이 없다면
어찌 바다겠느냐고 물었다

무소유

몸은 누구의 소유인가
만약 마음의 소유라면
마음은 누구의 소유인가

금주와 금연을 결심하며
곰곰이 지난날들을 뒤돌아보니
참으로 많은 것을 소유했었다
형체를 지닌 물질들
형체가 없는 비물질들
욕망과 때 묻은 생각들과 검은 감정들을
악착같이 손에 움켜쥐고
아등바등 살아왔다
때로는 삶에 요긴하였고
더러는 본능에 따른 욕망이었으나
이제 그 모든 소유를 버리니
멀지 않은 날에
떠나야 할 먼 여행은
오직 알몸으로만 갈 수 있다기에

아, 좋구나, 나는 모든 옷을 다 벗었노라

조금 더 젊은 날에 깨달았다면

삶은 얼마나 부유했을까
버릴수록 삶이 묵직해진다는 것을
비울수록 삶이 충만해진다는 것을
소유는 곧 굴레요, 족쇄라는 것을
내 것이 아무것도 없을 때
세상이 모두 내 것이라는 것을
아무것도 소유하지 않을 때
삶은 스스로 자신의 주인이 된다는 것을

마음은 누구의 소유인가
만약 몸의 소유라면
몸은 누구의 소유인가

1일 2식

원시시대 사람들은
하루에 저녁 한 끼만을 먹었고
18세기 이전 사람들은
하루에 두 끼만을 먹었고
산업혁명이 시작된 후로
비로소 하루에 세 끼를 먹기 시작했다고 한다
21세기를 살아가는 우리는
문명의 눈부신 발전에 발맞춰
하루에 네 끼는 먹어야 마땅하고
다시 이삼백 년쯤 지난 후에는
하루에 다섯 끼를 먹는
밝고 풍요로운 미래도 찾아오겠지만
시대에 뒤떨어진 나는
1일 2식, 1식 3찬을 결심하며
그간의 포만을 부끄러워하느니
식사여, 식량이여,
네가 얼마나 많은 전쟁을 떠먹었느냐
네가 얼마나 많은 부와 탐욕을 살찌웠느냐
오늘도 하루에 반 끼를 못 먹는 사람들이 있는데
네가 얼마나 영혼을 배부르게 만들었느냐

그냥 좀 살면 안 되나

그냥 좀 살면 안 되나
꿈도 목표도 계획도 없이
그냥 좀 대충 살면 안 되나

하는 일 없이 빈둥거리고
늘어지게 낮잠을 자고
좋아하는 것의 꽁무니를 쫓아다니고
쓸모도 없는 생각에 골똘하느라
밤을 꼬박 새우며
그냥 좀 아무렇게나 살면 안 되나

역사에 이름을 남길 생각 없고
천국에 가고 싶은 욕심도 없고
다만 세상에 무해하기만을 바랄 뿐인데

길가의 풀처럼, 산속의 꽃처럼
있는 듯 없는 듯 살면 안 되나
있어도 없어도 상관없게 살면 안 되나
그냥 좀 아무도 아닌 사람으로 살면 안 되나

네가 꽃이 되어보겠는가

시간의 모래 한 줌
손에 쥐고 살아가는 일인데
너무 느슨하게 쥐면
한꺼번에 흘러내리고
너무 힘주어 쥐면
빠르게 흘러내린다
쥔 듯 안 쥔 듯 쥐어야
천천히 흘러내리지만
살다 보면 모래가 아닌
꽃송이처럼도 느껴져
하늘 높이 힘껏 던져보고 싶은
날도 찾아오리니
생이여, 내가 너를 창공에
찬란히 흩뿌려도 되겠는가
모래여, 네가 한 번은 꽃이 되어보겠는가

밑지고 살기로 했다

지고 살기로 했다
꼭 이겨도 되지 않을 사람,
그가 이기는 모습을 보는 게
더 큰 행복을 안겨주는 사람들에게
은근슬쩍 져주기로 했다

밑지고 살기로 했다
꼭 남겨도 되지 않을 사람,
그가 더 많은 몫을 갖는 게
오히려 큰 기쁨을 가져다주는 사람들에게
모른 체 밑지고 살기로 했다

사회는 얼마나 치열한 경기장인가
세상은 또 얼마나 야박한 시장인가
그러나 그리 살아가지 않는 사람들도 있으려니
시간이 흘러
삶의 모든 일을 정산하는 날,
제법 솔찬했던 인생으로 마감하는 길은
지고 밑지는 것일지도 모른다 싶어

공연히 이기려 드는 마음
끝없이 탐내는 마음

미련 없이 등지고 살기로 했다
나에게 조금 밑지고 살기로 했다

남루

남원에는 광한루
밀양에는 영남루
내가 사는 곳에는 남루가 있다

돌도 아니고
나무도 아니고
무욕으로 지은 정자

천장도 없고
기둥도 없고
허공에 떠 있는 정자

산정도 아니고
강가도 아니고
내 마음 기슭에 세운 정자

바람과
별빛만 찾아들어
빈 상을 놓고 마주앉아
허허로운 생을 은은히 달래주는 곳

허허허, 생을 가득 채우는 웃음
눈부시게 울려 퍼지는 곳

늘그막

생의 노년이면
누구나 한 채씩 짓는다
재료는 모두 제각각인데 흔하기로는
노욕, 고집, 화, 한탄, 망각…

마음아, 나의 목수여,
허름해도 좋으니
반듯하게는 짓자꾸나
무욕을 기둥으로, 베풂을 천장으로,
너그러움을 벽과 바닥으로

마음아, 부디 심혈을 기울이자
내 그곳에서 마지막 눈비를 피해야 하리니

나는 얼마나 가난한가

일 년에 꽃향기
몇 날 맡지 못하고
손가락에 꽃반지 한두 개
끼고 있지 못하고
자꾸만 굵어지는 목에
꽃목걸이 하나 걸고 있지도 못하는
나는 얼마나 가난한가

모아놓은 햇살도 없고
받아놓은 샘물도 없고
저금해놓은 별빛도 없고
투자해놓은 산들바람도 없는
나는 얼마나 가난한가

지갑이 두툼하면 미소 짓고
통장의 숫자가 늘면 기뻐하고
자동차 크기가 커지면 어깨가 으쓱하고
집 평수가 넓어지면 목에 힘이 들어가는
나는 얼마나 부끄럽게 가난한가

지갑

주우면 횡재했다 좋아하고
잃어버리면 밤잠을 못 자고 끙끙 앓는데
영혼이라는 지갑,
몸이라는 주머니 속에 잘 들어 있는지
지폐는 몇 장이나 들어 있는지
빚만 쌓인 카드만 있는 건 아닌지
나이가 들수록 제법 묵직하게 느껴지는 건
동전만 잔뜩 들어 있어 그런 게 아닌지
지갑을 잘 열어야 사람들이 따른다는데
영혼의 지갑도 그런 건 아닌지
가끔씩 소매치기를 당하기도 한다는데
지금쯤 조심해야 하는 건 아닌지
오래 쓰면 새 지갑으로 바꾼다는데
영혼도 그만큼 낡지는 않았는지
지갑을 안 가지고 다니는 사람들이
점점 늘어난다는데 그래도 괜찮은 건지
대개 그 안에 신분증이 들어 있다는데

몸이여

씻기고
먹이고, 재우고

신겨주고,
입혀주고, 덮어주고

얼마나 더 많은 일을
너를 위해 시중들어야
네가 나에게 눈길을 주겠느냐

눈물 쏟을까
상처 입을까, 병에 걸릴까

얼마나 더 오랜 시간을
너를 위해 조바심을 쳐야
네가 나의 안위에 귀를 기울이겠느냐

너는 죽어 흙으로 돌아가고
그 이후의 세상은
오직 나 혼자만 갈 수 있다는데
몸이여, 네가 언제까지나 왕으로 살려는가
이제는 나의 여행에 관심을 가질 때도 되지 않았는가

헛몸

헛것을 보고 있는 건 아닌지
헛소리를 들으며
헛소리를 하며
헛배가 불러 있는 건 아닌지

참과 거짓의 명제,
이미 어린 날에 배웠는데
아직도 참과 헛을 구분하지 못하니
나이를 헛먹고 있는 건 아닌지

헛손질, 헛발질, 헛웃음, 헛사랑,
아무래도 인생을 헛살고 있는 것만 같은데
거기 헛기침을 하고 있는 영혼아,
혹시 너도 헛영혼인 것이냐
혹시 이 몸도 헛몸인 것이냐

너무너무 사랑하며

너무 무겁게 살지 않도록 합시다
삶이란 강물 위를 떠가는
나뭇잎과 같으니
공연히 돌멩이를 얹어
물속으로 가라앉지 않도록

너무 가볍게 살지 않도록 합시다
삶이란 돌멩이를 얹어놓은
나뭇잎과 같으니
공연히 돌멩이를 치워
허공으로 날아가지 않도록

그러면 어찌 살아야 하는가,
그런 질문도 하지 않도록 합시다
풀잎은 때가 되면 저절로 이슬을 맺고
연잎은 때가 되면 저절로 빗물을 덜어내는 법

너무 애태우며 살지 않도록 합시다
나뭇잎은 결국 낙엽이 되어 불태워지니
겨울이 오기 전, 봄과 여름과 가을을
마음껏 노래합시다
새싹과 신록과 단풍을
너무너무 사랑하며 살도록 합시다

건너뛰기로 했다

이번 슬픔은 건너뛰기로 했다
일기도 건너뛰고,
숙제도 건너뛰고, 생일도 건너뛰고,
성공도 건너뛰고, 약속도 건너뛰는데

이번 눈물은 건너뛰기로 했다
계단과 계단 사이,
징검다리와 징검다리 사이,
날짜와 날짜 사이,
한두 개쯤 슬쩍 건너뛰어도 큰일 없던데

이번 생은 건너뛰기로 했다
기념도 축사도 선물도 없이
슬픔도 눈물도 후회도 없이
깜빡 잊어버린 어느 날인 듯
기억에도 남지 않을 어느 날인 듯
담담히 의미를 건너뛰기로 했다

내일이 내게 물으리라

오늘이 내게 묻는다
그때 무엇을 그리 두려워했느냐
그때 무엇이 그리 분했느냐
혹시 기억은 하고 있느냐고

내일이 내게 물으리라
그때 무엇을 좀 바꾼 게 있느냐
그때 무엇이라도 좀 새로워졌느냐
혹시 아무것도 없느냐고

죽음이 내게 물으리라
그때 진정 살아 있었느냐
그때로 다시 돌아가고 싶으냐
혹시 편안히 눈을 감지 못하는 건 아니냐고

나이

배고프다 투정한 적도 없고
빨리 달라 성화를 부린 적도 없는데
숟가락을 손에 쥔 적도 없고
입에 넣은 적도 없는데
이미 배가 부르고
소화가 안 돼 속이 거북한데도
먹는다

입을 꽉 다문 채 인상을 찌푸려도
이불을 뒤집어쓰고 숨어도
문을 걸어 잠가도
고개를 가로저으며 떼를 써도
바닥에 누워 발버둥을 쳐도
엉엉 울어도
어린아이도, 청년도, 중년도, 노인도
먹는다, 먹고 또 먹는다

때마다 먹는 일 고역이지만
억지로 떠먹이는 분도 힘깨나 들 것이니
사람아, 고분고분 받아먹자꾸나
어쩌면 그것이 인생의 쓴 약 아니겠느냐

나는 죄 없이 늙으리라

나는 죄 없이 늙으리라
꽃 한 송이 부러 꺾지 않고
개미 한 마리 무심코 밟지 않고
세상의 모든 목숨,
내 목숨만큼은 생각하며 살리라

훌쩍 지나온 길 막막히 뒤돌아보면
내게서 벗겨진 허물들
걸음마다 촘촘히 떨어져 있는데
그 무엇에 마음을 빼앗겨
나는 한 마리 매미처럼
푸른 하늘을 날아오르지도 못하였던가

나는 부질없이 늙으리라
봄날 흩날리는 꽃잎이나 주우며
가을날 떨어지는 낙엽이나 쓸며
해도 해도 끝없을 일들이나 하며 살리라

어느 겨울날, 치워도 치워도 쌓이는
큰눈이나 불평 없이 치우며
얼음장 같은 세상에 작은 길 하나 내고
이 세상 죄 없이 떠나리라
이 세상 후련하게 등지리라

12월에 쓰는 편지

친구야,
우리는 어느덧 가을이 되었구나
목과 이마에는
나이테가 점점 굵어지고
새까맣던 머리에는
흰 단풍이 서서히 물들고 있구나
새싹의 기쁨과 신록의 꿈,
마치 오늘 아침의 일만 같은데
잠깐 꿈을 꾸고 일어난 오후처럼
훌쩍 청춘을 건너뛰어 버렸구나

친구야,
우리는 너무 빨리 가을이 되었구나
꽃을 꽃이라며 즐기지도 못했는데
열매를 열매라며 누리지도 못했는데
한 잎 한 잎 옷을 벗으며
이 세상 처음 찾아온 날처럼
다시 알몸으로 떠나갈 날을
준비해야 하는구나

친구야,
우리가 겨울나무가 되어야겠구나

마른 나뭇가지의 겸허한 기도를 배우며
눈보라 속에서 피어나는 동백꽃처럼
세상의 한켠을 붉게 물들인 후
우리가 훌쩍 땅으로 돌아가야 하겠구나
우리가 겨울꽃이 되어야 하겠구나

편지

삶은 한 통의 편지,
울음으로 첫 인사를 시작하지만
웃음으로 마지막 인사를 끝맺으리라

어떤 사람은 화려한 종이에 쓰고
어떤 사람은 모조지에 적고
어떤 사람은 고급 펜으로 쓰고
어떤 사람은 연필로 적는다
그렇지만 가장 중요한 건 편지의 내용이리니
부디 나의 편지를 읽는 사람들에게
작은 기쁨과 잔잔한 미소가 넘치기를

삶은 결국 이별의 편지,
만약 오늘이 마지막 문장이라면
어떤 인사말을 적어야 할까

– 먼저 떠납니다
– 그땐 정말 미안했어요
– 늦었지만 고맙다는 말을 꼭 하고 싶네요
– 얼마나 사랑했는지 기억해줘요
– 함께 했던 순간들을 영원히 잊지 않겠습니다

삶은 결국 흔적도 없이 사라지는 편지,
그렇지만 신이 마지막으로 그 편지를 읽으리니
그대여, 잊지 말고 꼭 추신을 적어놓으라
나는 나의 편지를 꽃과 별의 문장들로 채워왔노라고

늙은 젊은이

나는 늙은 젊은이
오늘도 가슴에 태양이 떠오른다
삶이여, 너의 꽃향기를 맡으며
언제나 꿈과 사랑을 노래하리라

너는 젊은 늙은이
오늘도 가슴에 석양이 진다
청춘이여, 너의 꽃잎이 시들기 전에
열렬히 열정과 낭만을 노래하라

인간은 나이를 헤아리지만
영혼은 시간을 개의치 않고
죽음은 삶 이후가 아니라
영혼이 늙어 잠들었을 때 찾아오는 것

나는 늙을수록 젊어지는
늙은 어린이
오늘도 콧노래를 부르며
깡총깡총 뛰어간다
삶이여, 너와 함께 춤추며
죽는 날까지 자유와 희망을 노래하리라

이제 너를 안아줘도 되겠는가

알고 있다고
긴 세월 애썼다고
그만하면 잘한 거라고
이제 너를 안아줘도 되겠는가

알지 못했는데
한 번도 가슴을 내준 적 없는데
늘 다른 사람을 위한 자리였는데
이제 너에게 오래도록 품을 내줘도 되겠는가

그 많은 어리석은 실수들,
알면서 모르면서 저질렀던 잘못들,
다시 돌이킬 수 없는 뼈아픈 죄들,
이제 그만 시치미 떼듯 용서해도 되겠는가

꽃이여, 내가 그리 해도 되겠는가
새여, 내가 그리 해도 되겠는가
별이여, 정녕 내가 그리 해도 되겠는가

이제 너를 먼 바닷가로 데려가
한나절 넉넉히 해변을 걷게 해준 후
저녁 해가 노을 속에 잠드는 모습을 바라보며
너를 위해 맑은 눈물로 웃어도 되겠는가

이별이 사랑에게 말한다

낙화가 얼마나 아름답냐고
일몰이 얼마나 붉냐고
냇물이 개울을 떠나지 않으면
어찌 강물이 흐르겠느냐고
이별이 사랑에게 말한다

바람에 떨어지는 단풍잎이
얼마나 눈부시냐고
밤하늘을 떨어지는 별똥별이
누군가에게는 간절한 기도가 된다고
강물은 강을 떠나야만
바다에 이를 수 있다고
이별이 사랑에게 울먹이며 말한다

꽃잎이 흩어져도 꽃잎이라고
사랑이 헤어져도 사랑이라고
때로는 이별이 인간의 사랑을
신의 선물로 완성한다고

죽음도 우리를 갈라놓지 못하리라

지금은 슬픔의 강물이 흐르는 시간
용암보다 뜨거운 눈물이
그칠 줄 모르고 쏟아져
우리의 심장은 깊은 물속으로
돌처럼 가라앉는다
하늘이여, 너는 영원히 무너져 내렸구나
땅이여, 너는 영원히 꺼져버렸구나
아름다운 사람아, 너는(당신은) 영원히 떠나가는구나

지금은 고통의 바다가 폭풍 치는 시간
얼음보다 차가운 절망이
끝없이 휘몰아쳐
우리의 심장은 날카로운 바위에
산산이 부딪혀 찢어진다
세상이여, 너는 영원히 부서졌구나
삶이여, 너는 영원히 깨졌구나
사랑하는 사람아, 너는(당신은) 영원히 떠나가는구나

이제 우리 다만 무릎을 꿇고 비느니
산 자의 슬픔이
죽은 이의 슬픔을 위로해주기를
산 자의 고통이

죽은 이의 고통을 어루만져주기를
산 자가 이겨내며 살아가야 할 삶이
죽은 이의 영혼에 기쁨이 되기를
그리하여 먼 곳에서도
너의(당신의) 얼굴에 미소 다시 떠오르기를
우리 목 놓아 울면서 기도한다

이 땅에 살아가는 동안
너의(당신의) 얼굴 다시 볼 수 없겠지만
너의(당신의) 손 다시 잡을 수 없겠지만
우리의 심장은
결코 너를(당신을) 잊지 않으리니
아름다운 사람아,
죽음도 우리를 갈라놓지 못하리라
이 땅에 살아 있는 동안
우리가 우리의 심장으로
언제나 너와(당신과) 함께 숨 쉬리니
사랑하는 사람아,
그대 이제 우리 가슴속에 편히 잠들라
우리가 부르는 약속의 노래를 들으며

IV

꽃이 되고 싶은 날
많았으나

포항으로 가자

삶이 식어가는 날에는
포항으로 가자
이 세상 모든 땅에서는
노을이 하늘을 물들이지만
포항에서는 쇳물이 하늘을 물들이며
해가 떠오른다
그때 들어보아라,
포항 호미곶에서는 닭울음소리가 아니라
호랑이의 포효가 새날을 알린다

사랑이 식어가는 날에는
포항으로 가자
영일대 백사장을 끝까지 걷다 보면
1500도 용광로가 불을 뿜고 있느니
두 손으로 뽑아
가슴에 세우고 돌아오자
포항에서는 유리 같은 사랑도
강철 같은 사랑이 된다
그곳에서 느껴보아라,
포항 영일대에서는 포말 같은 사랑도
해일 같은 사랑이 된다

꽃도 식으면 떨어지고
별도 식으면 추락하는 것,
심장이 차갑게 식어가는 날에는
포항으로 가자
포항에서는 얼음 속에도 뜨거운 쇳물이 흐른다
포항에서는 눈 속에서도 불의 꽃이 피어난다

구룡포 과메기

호랑이 담배 피던 시절
청어靑魚로 만들었다
서너 점만 먹어도
눈빛이 앞바다처럼 푸르러지고
심장이 먼바다처럼 짙푸르러졌다

지금은 꽁치로도 만드는데
그 맛이 신들의 음식이라
호미곶 호랑이는 담배를 끊고
구룡포 아홉 마리 용은
온종일 용트림을 하고 있다

행여 믿기지 않거든 직접 와서 보라
구룡포에서는 세 끼를 과메기로 먹어
사람들이 입을 열 때마다
등푸른 생선이 허공을 날아다닌다
구룡포에서는 과메기가 열 번째 용이다

땅을 걸어 다니는 사람들아
그대의 삶, 그대의 꿈이
푸른빛을 잃어갈 때 포항으로 오라
구룡포에서는 한숨조차 푸르고
구룡포에서는 눈물조차 짙푸르다

울릉도

섭섭하구나

뭍으로 돌아가는 배 갑판에 서서
청옥빛 바다 위로 우뚝 솟은
딴바위를 바라보며
땅의 멀미에 대해 생각한다

이제 다시 울렁거리겠지
도시의 시간은 여전히 메슥거리겠지
속도의 멀미, 높이의 멀미, 욕망의 멀미, 허위의 멀미,
때로는 사람과 사랑의 멀미에도
입과 코, 귀와 눈을 틀어막아야겠지

울릉에 다녀간다
이 섬이 최고의 약이라기에
생의 멀미를 막아주고
생의 멀미를 치유해주며
두려움과 절망의 울렁거림을
설레임과 희망의 울릉거림으로 바꿔주는 곳

생의 파도가 높게 치는 날 다시 오겠다
태고의 섬 울릉에 와서

내 안의 헛된 것들 모두 게워내고
기쁨과 환희로 울릉거리는 생,
내 한 번은 반드시 살아보겠다

*딴바위 : 울릉도 북면 천부리 앞바다 위치

꽃이 되고 싶은 날 많았으나

내 꽃이 되고 싶은 날 많았으나
지구가 눈물로
너무 많이 젖어 있기에

내 별이 되고 싶은 날 많았으나
지구가 상처로
갈기갈기 찢어져 있기에

내 눈송이가 되고 싶은 날 많았으나
지구가 피로
온통 제 몸을 물들이고 있기에

내 한 마리 새가 되어
창공을 훨훨 날고 싶은 날 많았으나
지구가 밧줄로
손발이 꽁꽁 묶여 있기에

내 미약한 인간이고 싶지 않았으나
지구의 모든 인간들과
하나의 끈으로 묶여진 존재임을 알기에

내 비록 꽃과 별과 새가 되지 못해도
지구와 인류의 동지가 되어

동물원

신이 말하기를,
지구는 동물원 같은 것이다
사자와 코끼리와 원숭이를 잡아넣는
지구는 식물원 같은 것이다
꽃과 선인장과 야자수를 심어 기르는
지구는 새장 같은 것이다
지구 밖으로는 결코 날아갈 수 없는
지구는 축구공 같은 것이다
어딘지는 모르겠으나 골문을 향해 걷어차는

불만인가, 인간이여!
그렇다면 내게 설명해보라
지금 너희가 생명에게 벌이고 있는 짓을
자유가 아니면 죽음을 달라, 외치던
너희가 얼마나 많은 자유를 뺏고 있는지
사냥과 낚시로, 순간의 취미와 쾌락으로
얼마나 많은 목숨을 뺏고 있는지
진리와 정의가 아닌
행운과 요행, 모순과 혼돈에 영혼을 맡기고
갈지 자로 비틀거리며 걸어가고 있는 모습을

구원을 꿈꾸는 인간이여,

내가 언제나 안심하고
너희를 지구에서 풀어줄 수 있겠느냐

잡식 동물

풀과 고기,
비타민을 먹는다

꽃차를 마시고
사슴피를 마시고
독한 술을 마신다

겁을 먹고
욕을 먹고
돈을 먹고 탐욕을 먹고
질투를 먹고 분노를 먹고 악한 마음과
삿된 마음과 헛된 마음을 먹는다

조심해서 먹으라,
되새김질조차 필요 없는 동물이여
그대가 인간이라는 사실조차 잊어먹으리니

손님

지구에 손님으로 오는 것이다
이곳저곳 함부로 어지럽히지 말고
얌전히 머물렀다 돌아가야 하는 것이다

손님과 손님끼리 만나는 것이다
자기 집인 양 으스대지 말고
제 세상인 양 거들먹거리지 말고
서로서로 깍듯이 예의를 갖춰야 하는 것이다

삶에 손님이 찾아오는 것이다
이웃이라는 손님,
친구라는 손님,
사랑이라는 손님이 찾아오는 것이다
내가 가진 가장 귀한 것들로
정성껏 그들을 대접해야 하는 것이다

죽음이 마지막 손님인 것이다
비록 불청객일 것이나
그가 전해주는 초대장을 받아들고
새 별을 방문하러 나서야 하는 것이다

무엇을 선물로 들고 가야

따뜻한 환영을 받을 수 있을지
손님의 자세를 생각해봐야 하는 것이다
지구에게는 내가 어떤 손님이었는지
곱씹어봐야 하는 것이다

지구

지구는 한 마리 동물
숨을 쉴 때마다
밀물과 썰물이 드나들고
재채기를 할 때마다
화산이 폭발한다
배를 움켜쥐고 웃을 때마다
지진이 일어나고
독감에 걸려 콧물을 흘릴 때마다
홍수가 범람한다
가끔은 식물처럼 조용한 날도 있으나
그가 살아 있다는 건 분명한 사실
결국 인간이란 지구의 몸속에 기생하는
팔십억 바이러스일 뿐인데
자, 너무 창피하다, 생각하지 말고
만물의 영장이라는 이름에 걸맞게
사랑과 희망의 균으로 지구를 감염시키자
사람아, 우리가 지구에 유익한 균이 아니더냐

지구

지옥과 천국,
두 단어에서 각각 한 글자,
지와 국을 떼어내서 만들었다는데
신이 그만 실수로
국에서 ㄱ을 더 떼어내고 말았다지
그 탓에 천국보다 지옥으로
무게추가 쏠렸다는데
지옥으로 떨어지기는 쉽고
천국으로 올라가기는 어려운 것이
바로 그런 까닭이라지
그러니 잊지 말 것
지구에서 시소를 타는 동안
최대한 무게를 가볍게 만들어야
천국이 하늘에서 땅으로 내려온다는 것을
죄의 무게를 줄여야 한다는 것을

이념이 인간을 노예로 삼을 때는

이념이 인간을 노예로 만들 때는
채찍이 아니라 왕관을 사용하는 법
머리에 씌워주기만 하면
모든 인간을 다스리려 들 테니까
자신이 세상에서 가장 절대적인 존재라고 믿으면서

이념이 인간을 종으로 삼을 때는
족쇄가 아니라 십자가를 사용하는 법
등에 짊어주기만 하면
모든 인간을 구원하려 들 테니까
자신이 세상에 낙원을 건설할 것이라 믿으면서

이념이 인간을 신하로 부릴 때는
영토가 아니라 영혼을 활용하는 법
그의 머리에 증오를 심어주기만 하면
모든 인간을 상대로 전쟁을 벌일 테니까
자신이 세상의 악을 없애기 위해 싸운다고 믿으면서

그러나 그 무엇보다 역겹고 파괴적인 것은
인간이 이념을 노예나 종으로 삼는 일
손과 발에 족쇄를 채우고
채찍으로 등을 내려치면

이념은 모든 인간을 물어뜯는 미친개가 될 테니까

그러나 진정 두렵고 경악을 금할 수 없는 것은
이제 방금 말한 문장과 같이
인간이 이념의 주인인 줄 착각한다는 것,
맹세코 그런 날은 역사를 통틀어
단 하루도 없었느니
언제나 인간은 이념의 충성스러운 개일 뿐

그러니 인간이여,
지금 네가 쓰고 있는 왕관을
머리에서 벗고
지금 네가 지고 있는 십자가를
등에서 내려놓아라
지금 네가 입에 문 채 핥고 있는
증오의 뼈다귀를 내뱉고
너의 주인을 갈기갈기 물어뜯어라
그 길만이 너를 자유의 몸으로 만들 것이니
인간이여, 언제쯤이면 네가 이념의 목에
개줄을 채워 묶어두겠느냐

악은 어떻게 살아남는가

오죽하면 그랬겠어,
동정심의 물을 얻어 마시며

나는 괜찮겠지,
안일함과 이기심의
밥상 한 귀퉁이를 차지하며

악을 없애기 위해
차라리 함께 악이 되겠다는
증오의 피를 빨아먹으며

오직 나만이 진리요, 정의라는
독선과 독단의 독약을
인간의 입안에 흘려 넣으며

목적을 위해서는
수단을 가리지 말아야 한다고
인간의 귓속에 산들바람을 불어넣으며

대를 위해서는
소가 희생해야 한다고
인간의 콧속에 콧바람을 불어넣으며

잘못 보았노라고,
결코 나는 악이 아니라고,
인간의 눈을 안대로 가리며

강한 자가
살아남는 자가 선이라고
인간의 손에 총과 칼을 쥐어 주며

영원히 나는 사라지지 않는다고
인간의 영혼에 회의와
패배 의식의 씨앗을 뿌리며

그러나 그 무엇보다도
살아남는 일만이 가장 중요하다며

우리는 어떻게 악을 먹여 살리고 있는가

궤변

입으로 싸는 똥이다

더럽고 냄새 고약하기는
그 어떤 짐승의 똥도 능가하는데
사람마다 궁지에 몰리면
아무 곳에서나 서슴없이 내지르니
온 세상이 똥밭이다

대소변을 가릴 줄 알아야
아기에서 벗어나고
궤변을 가릴 줄 알아야
비로소 성숙한 인간이 되는 법인데

사람아, 네가 몇 살이 될 때까지
똥싸개로 살아가려는가

똥

물고기가 새의 먹이가 되고
새가 들짐승의 먹이가 되고
들짐승이 사람의 먹이가 되고
다시 사람이 물고기의 먹이가 된다

이처럼 지상의 모든 목숨이 서로 순환되며
하나의 연기론적 사슬로 연결되어 있다는데
아무래도 그것은 개똥 같은 소리

그래도 혹시나 싶은 마음에
이리저리 구석구석 헤집어 생각해보면
개가 제 똥을 먹는 것은
다소나마 영양분이 있는 까닭이려니

개가 똥을 먹고
똥이 개가 되고
다시 개가 똥을 싸는 것이
영원한 우주의 큰 이치겠는데

먹는 대로 싸고
싸는 대로 먹어야 한다는
똥이든 밥이든 그게 다 그거라는

세상의 모든 똥을 그냥 똥으로만 보지 말라는
사람도 결국 똥통에 불과할 뿐이니
한 번은 우주의 거름이 되어야 하지 않겠느냐는

인간에 대해 지칠 때

인간에 대해 지칠 때가 있다
이념의 병사가 되어
총칼로 전쟁을 벌일 때
욕망의 노예가 되어
개처럼 물어뜯을 때
증오의 화신이 되어
불길을 뿜어댈 때
종교의 집달리가 되어
몽둥이를 휘두를 때
인간에 대해 포기하고 싶을 때가 있다
신이기를 소망했던 적 없고
다만 인간이기를,
그저 인간으로 머물기를 바랐는데
인간이 인간 이하의 존재로 추락하는 모습에
인간에 대해 경멸을 느끼는 때가 있다
원숭이여, 혹시 그때도 나무에서 내려온 게 아니라
떨어져버린 것인가, 싶은 생각에
인간에 대해 연민과 슬픔을 느낄 때가 있다
인간이여, 저 녹색의 잎이 무성한
나무 위로 다시 기어 올라가자
원시의 순수로, 태초의 낙원으로

역사 안에서

많은 사람들이 도착했고
많은 사람들이 떠나갔다
꿈에 부풀어
불안과 두려움에 떨며
늦게 도착하는 기차에 화를 내며
늦게 출발하는 기차에 조바심을 내며
혼자서
둘이서 여럿이서
새벽 첫 기차를 타고
마지막 밤기차를 타고
때로는 놓치고
때로는 아슬아슬하게 올라타고
배웅의 기쁨에 웃고
전송의 슬픔에 울며
떠나고
남고
손을 흔들었다
누가 이곳의 진정한 주인이었을까
쉼 없이 기차 바퀴가 굴러가도록 만든 건
과연 누구였을까
어쩌면 우리 모두가
무임승차를 하고 있는 건 아닌지

어쩌면 정작 기차에는
한 번도 오르지 못한
역사의 노숙인에 불과한 건 아닌지
어쩌면 역사란
한 시대의 운송수단에 불과한 건 아닌지
역사에 울려 퍼지는
기적 소리를 들으며
나는 마치 내 몫의
정당한 승차권이라도 보유하고 있다는 듯
주먹을 꽉 쥐어보았다

오늘 다시 역사가 묻는다

오늘 다시 역사가 묻는다
자유를 얻기 위해
얼마나 많은 피를 흘렸는지 아느냐고
민주주의를 지키기 위해
얼마나 많은 죽음이 필요했는지 기억하느냐고

오늘 다시 역사가 묻는다
광기와 망상이
한순간에 자유를 짓밟는 모습을 보았냐고
불법과 야욕이
순식간에 민주주의를 무너뜨리는 모습을 보았냐고

헌법과 법률이 지켜지는 나라,
자유와 평등이 보장되는 나라,
정의와 양심에 따라 살아갈 수 있는 나라,
이것이 우리의 꿈, 민주주의의 심장인데
지금 국민의 가슴에 총칼을 겨누는 반역의 무리 누구인가?

오늘 다시 역사가 묻는다
누가 자유를 위해 앞장서 외칠 것인가
누가 민주주의를 위해 일어나 싸울 것인가
누가 대한민국을 야수의 발톱으로부터 지킬 것인가

대답하라! 내가 외치겠습니다!
대답하라! 우리가 싸우겠습니다!
대답하라! 대한민국을 사랑하는 우리들이 지키겠습니다!

자유여

나를 위해 꽃을 바치지 말라
나는 피와 눈물을 먹고 자라왔느니
나를 위해 노래 부르지 말라
나는 분노와 절규에만 귀를 기울이느니
나를 위해 무릎 꿇지 마라
나는 싸우지 않고 항복하는 자를 미워한다

굴레와 족쇄에서 벗어나고 싶을 때
억압과 강제를 깨부수고 싶을 때
탄압과 폭정을 무너뜨리고 싶을 때

나를 위해 가시 면류관을 만들어라
그리고 너희가 먼저 머리에 쓰라
나를 위해 십자가를 세우라
그리고 너희가 먼저 몸을 매달아라
나를 위해 독배를 준비하라
그리고 너희가 먼저 마셔라

지금은 광기와 야만이 지배하는
어둠과 사망의 시간,
너희가 먼저 그 속에 우리의 무덤을 만들어라
내가 너희와 함께 다시 살아나

새벽빛으로 돌아오리라

자유여, 인류의 심장이여!

나는 깨부순다

나는 뒤흔든다
개의 야옹야옹을 고양이의 멍멍을
참새의 깍깍을
까마귀의 짹짹을

나는 뒤섞는다
백색의 열정을
적색의 순수를 흑색의 기쁨을
녹색의 죽음을

나는 뒤집는다
시작과 끝을
원인과 결과를
수단과 목적을 질문과 대답을

나는 뒤돌아선다
믿음으로부터
당위로부터 당연으로부터
불신과 의심 없는 확신의 세계로부터

나는 깨부순다
언어의 견고한 성벽을

관념의 숨 막히는 왕궁을
이성의 휘황찬란한 신전을

시여, 너의 몸에 피가 흐르고 있는가

시여,
네가 꽃을 노래할 때
쌀이 떨어져 밥을 굶는 사람들이 있다
네가 별을 흠모할 때
죽음의 병과 싸우는 사람들이 있다
네가 푸른 하늘을 찬양할 때
지하 단칸방에서 숨죽여 우는 사람들이 있다

고결한 시여,
네가 유행을 따라잡으려 잡지책을 뒤적거릴 때
폐지를 주우러 다니는 사람들이 있다
네가 형식과 내용의 자유를 탐닉할 때
분유값을 구하지 못해 우는 미혼모가 있다
네가 위엄을 돋보이려 왕관을 고쳐 쓸 때
허리띠를 한 칸 더 졸라매는 사람들이 있다
네가 문학의 궁전에 누워 거드름을 피울 때
거리를 떠돌며 찬바람에 몸을 떠는 사람들이 있다

왕족의 혈통을 자랑하는 시여,
이제 그만 왕좌에서 내려오라
지금 너의 몸에 인간의 피가 흐르고 있는가

시인이여, 전사가 되어라

시인이여,
원고지 뭉치를 집어 들고
불의의 머리를 힘껏 내리쳐라

시인이여,
펜을 힘껏 손에 쥐고
악의 심장을 깊숙이 찔러라

만약 그대의 시가
새벽 나절 잠깐 반짝이다 사라지는
한 줄기 여명이 아니라
인류에게 생명과 희망을 주며
영원히 뜨겁게 타오르는
프로메테우스의 불이 되기를 원한다면

시인이여,
그대의 시를 날카로운 창으로
거짓과 불의의 몸통을 뚫어버려라
죄와 악의 숨결을 끊어버려라
농부가 아닌 전사가 되라

시여, 너는 무엇을 위해 존재하는가
시인이여, 너는 누구를 위해 존재하는가

일상의 언어로 가꾼 서정적 감성의 정점

양광모 20시집 『꽃멍』에 붙여

김종회(문학평론가, 전 경희대 교수)

1. 20권 시집에 이른 불세출의 시인

양광모는 맑은 감수성의 시를 쓴다. 그의 시가 보여주는 순정한 서정과 결곡한 감성은, 편안하고 그윽하다. 그는 일상에서 만나는 모든 생명과 사물, 곧 삼라만상을 시의 대상으로 하며 그 대상을 바라보는 눈이 넓고도 깊다. 지금 그의 삶은 모든 부면이 시작(詩作)에 연동되어 있다. 일상이 예술이요 예술이 일상인, 평범 속의 비범한 세계가 그의 것이다. 우리 시대에 이와 같은 시인을 가까이 만나는 것은 흔한 일이 아니며, 그러므로 여기에 '불세출의 시인'이란 명호(名號)를 부여할 수 있는 것이다. 이처럼 과감한 언사가 가능하도록, 그의 시는 문학적 수사(修辭)의 굴레를 넘어서 있다. 문학사적 계보로 이해하자면, 김소월이나 김영랑 그리고 정호승이나 나태주 같은 시인이 그의 길에 연접해 있는 형국이다.

오늘의 많은 독자가 그가 배달하는 '시 한 끼'로 뜻깊게 하루를 열고 있으며, 필자 또한 그렇다. 그의 시 가운데 「가장 넓은 길」의 한 구절이 2024학년도 수능시험 〈필적 확인 문구〉로 게시되어 세상 사람들의 눈길을 끌기도 했다. 그의 시는 순후하고 평이하며, 동시에 우리 삶의 소중한 깨우침과 값있는 가르침을 끌어안고 있다. 따로 진중한 해명을 필요로 하지 않을 듯하나, 그럼에도 불구하고 그 문학적 가치와 예술성에 대한 논의가 있어야 마땅하다. 필자가 공들여 이 글을 쓰는 이유다. 이번 시집 『꽃멍』으로 그는 통산 20권의 창작 시집을 갖게 되었다. 놀라운 숫자다. 비단 그 숫자만이 문제가 되는 것이 아니라, 시집 한 권 한 권에 기울인 심혈과 그로 인한 작품으로서의 성취가 놀라운 것이다.

양광모 시인은 그동안 거의 모든 일간지와 방송사에 시가 소개되었으며, 여러 가수에 의해 시가 노래로 만들어졌다. 그런 연유로 어느덧 대중적 명성을 가진 시인이 되었으며, 그 프로필 또한 광범위하게 알려져 있다. 경기 여주 출생으로 경희대 국문과를 졸업했으니, 필자의 직계 후배다. 언론사 칼럼니스트, 기업의 노조위원장, 연구소장, 교육협회장, 장학회장 등 다양한 세상 체험을 거쳐 마침내 그 모두를 버리고 시인의 길로 들어섰다. 2012년 버킷리스트를 작성하며 시집 한 권 출간을 목표로 시를 쓰기 시작했으니, 햇수로는 12년째. 시를 쓰는 일이 너무 행복하다는 그는, 모르긴 해도 이제 평생 시와 더불어 살아갈 것이다. 그리고 우리는 그를 끝까지 지켜보며 응원해야 할 것 같다.

2. 이 풍진 세상 건너는 사람꽃의 시

양광모의 20번째 시집 『꽃멍』에는 지금껏 그가 써온 시들의 연장선상에 있는 제재(題材)들이 줄지어 있으며, 그 가운데는 집중적인 의미를 담은 시들의 군집(群集)이 눈에 띄기도 한다. 이 시인의 시가 가진 장점 중 하나는, 여하한 경우에라도 시가 우리 삶에 힘이 되고 소망이 되는 방향성을 제시한다는 사실이다. 기실 이러한 측면은 세월의 흐름과 우리 삶의 현재적 국면을 함께 조명하는 '일상시'나 '생활시'와 같은 범주에 있어서는 매우 긴요한 일이다. 시에서 삶의 진면목을 만나는 지경에 있기 때문이다. 그러기에 「1월 1일의 기도」에서 한해의 경점(更點)을 넘기거나, 「겨울날의 묵상」에서 계절의 변환을 목격하는 것이 소거와 재생의 새 차원을 설정하는 계기가 된다. 이와 같은 사정에 당착한 시인은 「사람꽃」에서 '사람'을 '사람꽃'이라 객관화하여, 그에 대한 수납과 감당의 정황을 묘사한다.

멍하니 불을 바라보고
멍하니 물을 바라본다

살아가는 일에 멍이 든 영혼일수록
골똘한 법인데

멍하니 하늘을 바라보고
멍하니 별을 바라본다

살다 보면 누구나 푸른 멍
한두 개쯤 몸에 지니기 마련인데

아름다운 사람아,
마음에 그늘 지는 날에는
꽃멍을 하자, 새벽부터 밤까지
물끄러미 초롱한 눈으로 꽃멍을 하자

– 「꽃멍」 전문

복잡한 생각 없이 불만 바라보면 '불멍'이라 하고, 물만 바라보면 '물멍'이라 한다. 이때의 '멍'은 '멍하니'라는 뜻을 포함하고 있다. 인용된 시에서 시인은 또 다른 '멍'의 개념을 차용하여, 중의법적 발화 구조를 형성한다. '살아가는 일에 멍이 든 영혼'이라 쓴 것이다. 하늘이나 별을 바라보는 '멍'과, 살다 보면 누구나 한두 개 몸에 지니기 마련인 '멍'을 동음이의어로 병렬해 놓은 터이다. 뒤이은 시인의 권유는 '마음에 그늘 지는 날'에 '꽃멍'을 하자는 데 이른다. 이때의 꽃멍은 사람마다 몰래 간직한 멍든 가슴의 상흔(傷痕)을 '물끄러미 초롱한 눈'으로 바라보자는 말이다. 깊은 아픔의 소재와 이를 넘어설 방식의 청유를 이보다 더 아름답게 내놓기는 어려운 형편이다.

> 우리가 세상을 건너갈 때
> 무엇을 배로 삼아야 할까
> 거친 물결이 모든 것을 휩쓸 듯 흐르는데
>
> 우리가 세상을 넘어갈 때
> 무엇이 날개가 되어 줄까
> 거센 바람이 모든 것을 날려버릴 듯 부는데
>
> 가난한 사람아
> 꿈꾸는 사람아
> 해맑은 사람아
> 가슴에 사랑을 품고 살아가는 사람아
>
> 우리가 세상을 건너갈 때
> 무엇을 손에 쥐고 가야 할까
> 한 번 건너면 다시는 돌아올 수 없다는데

우리가 저곳에 무엇을 선물로 가져가야 할까
우리가 이곳에 무엇을 선물로 남겨두고 떠나야 할까

– 「우리가 세상을 건너갈 때」 전문

이 시집의 1부에서 시종일관 시인이 기울이고 있는 관심은, 세상살
이의 아픔과 슬픔을 견디고 이기는 기력의 소재에 관한 것이다. 그는
묻는다. '우리가 세상을 건너갈 때' 무엇을 배로 삼아야 하며, '우리가
세상을 넘어갈 때' 무엇이 날개가 되어줄 것인가에 대한 질문이다. 그
가 질문의 대상으로 하는 이는 가난한, 꿈꾸는, 해맑은, 가슴에 사랑
을 품고 살아가는 사람이다. 일찍이 프랑스의 시인 아르튀르 랭보가
"계절이여 마을이여 상처 없는 영혼이 어디 있는가"라고 노래했지만,
양광모가 인생사의 비의(秘義)를 묻는 사람은 그렇게 아프지만 그 아
픔에 침몰되어 있기를 원하지 않는 자다. 그러기에 인생의 마지막 길
에 가져갈 선물과 남겨둘 선물에 대해 논거 하는 것이다. 시인은 이
시 한 편에서 우리 필생(畢生)의 과제를 한꺼번에 언급하고 있다.

3. 새 삶을 탐색하는 별유천지의 시

시인에게 있어서 아무 변화 없이 지속되는 낮과 밤, 곧 일상은 시를
배태(胚胎)하는 온상이지만 평범한 온상이 아니다. 그래서는 시가 살
아날 수 없는 까닭에서다. 평범한 일상 가운데서 비범을, 보편적 삶
의 척도 가운데서 특별한 세계관의 꿈을 발굴하지 못한다면 그의 시
는 여름날에 흔한 맥고모자와 다를 바 없다. 항차 양광모처럼 이 대목
에 특장(特長)을 가진 시인에 있어서는 불문가지의 일이다. 이는 그
의 시들이 매번 새로운 의미망의 '별유천지(別有天地)'를 찾아 나서

는 사유이기도 하다. 그의 시적 화자는 「나는 뿌리가 되리라」에서 '거칠고 질긴 뿌리'가 되겠다고 다짐하는가 하면, 「아들아, 내게도 아버지가 있었단다」나 「딸을 위한 기도」에서 아들과 딸에게 친인(親姻)의 관계성을 사뭇 색다른 언사로 피력(披瀝)하고, 「저무는 강가에서」와 같이 '물의 경전'을 기록으로 성안(成案)하기도 한다.

어느 곳엔가 있겠지

갑판에 꽃잎 가득 싣고
배가 떠나가는 항구

다시는 돌아올 수 없는
출항만을 위한 항구

닻을 끌어올리고
묶인 밧줄을 풀면
일제히 꽃잎을 하늘과 바다에 뿌리며
수평선을 향해 영원히 떠나가는 항구

슬픔이여,
나와 함께 그곳으로 가지 않으려는가

생의 꽃잎이여,
목련의 꽃잎들이여

　－「꽃잎항」 전문

이 시집 2부의 시 가운데 인용된 시는, 의미 깊은 삶의 탐색을 매우 유미주의적으로 보여준다. '갑판에 꽃잎 가득 싣고 배가 떠나가는 항구'라니, 이 무슨 모호한 언사인가 하고 의문을 갖는 것은 당연한 처사다. 더욱이 이때의 항구는 출항만을 위한 항구라고 한다. 그 꽃잎을 일제히 하늘과 바다에 뿌리며 영원히 떠나가는 항해다. 우리가 이 시로부터 넘겨받는 '꽃잎'과 '항구'의 상징적 메타포가 실로 만만치 않다. 시인은 이 짧은 시 한 편에 우리 생애의 목표와 보람, 방향성과 성취 등 귀중한 것을 모두 쓸어 담았다. 거기에 '꽃잎항'이란 패찰을 내어 걸고, 미처 다 진술하지 못한 '슬픔'의 정체성조차 이 도저(到底)한 흐름 속에 용해했다.

내가 쓴 시 중에
우산이라는 제목의 시가 있다

김수환 추기경의 '우산'
피천득 작가의 '비와 인생'

두 분의 이름과
전혀 다른 제목으로
세상을 떠돌아다닌다

처음에는 괴이하고
민망하고 송구했는데
곰곰이 그 뜻을 헤아려 보니
본시 우산이란 게
서로 빌려주고 빌려 쓰는 물건 아니던가

혹시라도 필요하신 분은
언제든지 말씀하시라
본시 시라는 게
삶에서 비 좀 피해보자고 쓰는 물건 아니던가

– 「우산」 전문

   이 글에서 굳이 이 시를 인용한 것은, 종횡무진한 상상력의 여행 중에서도 그 탐색의 정신이 혼자만의 고독한 싸움이어서는 안 된다는, 시인의 자기성찰 인식을 잘 담아내고 있어서다. 시인은 자신의 시 「우산」을 예로 들면서, 김수환 추기경의 「우산」과 피천득 작가의 「비와 인생」이란 글을 불러와 우산의 실체적 의미망과 문학적 형상력에 대해 검증한다. 그리고 종내 '우산은 빌려주고 빌려 쓰는 물건'이었다고 술회한다. 이때의 우산은 서로 차용할 수 있는 도움인 동시에, 비를 가로막을 수 있는 보호막이라는 이중적 의미 기능을 수행한다. 여기에 시인은 '시'를 덧댄다. 비를 피하는 것이 우산이듯이, 삶의 비를 피하는 것이 시라는 해석이 거기에 있다. 이는 당연히 타자와의 연대 및 우호적인 상관성에 기대는 것이다.

4. 관조와 달관의 세계관을 담은 시

   양광모의 시는 현실의 저잣거리에서 언어의 승부를 보려는 태도와 거리가 멀다. 그의 시가 말하는 허송세월의 뜬구름 같은 얘기들은, 당초에 의도된 것이고 실제적 삶의 이해관계를 과감하게 절연한 자리의 담론이다. 그러므로 그 시들은 자유롭고 분방하다. 거기에 세상의 직설에 대한 관조(觀照), 분별없는 쟁론에서 벗어난 달관(達觀)이 묵

향처럼 배어 있다. 3부의 시 가운데 「무애(無碍)」에서는 얼핏 공맹(孔孟)의 사상을 넘어 노장(老莊)의 지경으로 넘어가려는 시적 시도를 엿볼 수 있다. 「나는 얼마나 가난한가」에서는 종교적 청빈(淸貧)을 방불(彷彿)하는 가난의 시학을 펼쳐 보인다. 그리고 「헛몸」에서는 '너도 헛영혼'이며 '이 몸도 헛몸'이냐고 반문한다. 이 모든 레토릭은 현실의 바닥에서 집착의 발을 들고서야 비로소 가능한, 시적 변론임이 분명하다.

그냥 좀 살면 안 되나
꿈도 목표도 계획도 없이
그냥 좀 대충 살면 안 되나

하는 일 없이 빈둥거리고
늘어지게 낮잠을 자고
좋아하는 것의 꽁무니를 쫓아다니고
쓸모도 없는 생각에 골똘하느라
밤을 꼬박 새우며
그냥 좀 아무렇게나 살면 안 되나

역사에 이름을 남길 생각 없고
천국에 가고 싶은 욕심도 없고
다만 세상에 무해하기만을 바랄 뿐인데

길가의 풀처럼, 산속의 꽃처럼
있는 듯 없는 듯 살면 안 되나
있어도 없어도 상관없게 살면 안 되나
그냥 좀 아무도 아닌 사람으로 살면 안 되나

– 「그냥 좀 살면 안 되나」 전문

인용한 시의 시적 화자는 '꿈도 목표도 계획도 없이' 그냥 대충 살기를 바란다. 그냥 좀 아무렇게나 살면 안 되냐고 채근한다. 다만 '세상에 무해하기만'을 바랄 뿐이라고 한다. 그가 내세우는 우월한 범례는 '길가의 풀'이나 '산속의 꽃'과 같은 존재다. 그리하여 '그냥 좀 아무도 아닌 사람'으로 살면 안 되냐고 강변하는 것이다. 이 시적 화자는 시인 자신이면서 시를 읽는 우리 모두를 통칭한다. 그의 질의를 듣는 대상은 우리 자신이거나 아니면 우리를 있게 한 절대적인 힘이다. 그런데 여기서 우리가 자칫 손쉽게 간과할 수 있는 것이 있다. 그냥 이름 없이 사는 일이 꿈과 목표를 갖고 사는 일에 비추어 결코 쉽지 않다는 점이다. 정말 아무렇게나 사는 사람은, 단연코 이런 종류의 질문을 하지 않는다. 눈앞의 현상을 버리고 보이지 않는 본질로 돌아가는 단계는, 종교적 각성에 있어서도 원숙한 경지에 해당한다. 이 시는 그 어려운 정황을 역설적으로 발화하고 있는 셈이다.

오늘이 내게 묻는다
그때 무엇을 그리 두려워했느냐
그때 무엇이 그리 분했느냐
혹시 기억은 하고 있느냐고

내일이 내게 물으리라
그때 무엇을 좀 바꾼 게 있느냐
그때 무엇이라도 좀 새로워졌느냐
혹시 아무것도 없느냐고

죽음이 내게 물으리라

그때 진정 살아 있었느냐

그때로 다시 돌아가고 싶으냐

혹시 편안히 눈을 감지 못하는 건 아니냐고

– 「내일이 내게 물으리라」 전문

시인이 관찰하는 세상의 근본적인 이치는 쉬워 보여도 쉬운 것이
아니다. 그야말로 시의 보편적 문면(文面)처럼 겉보기에 쉬운 길로
이해하자면, 우리가 이 시에서 얻을 게 없다. 그러나 오늘, 내일, 그리
고 죽음이 묻는 범박하면서도 의미심장한 질문을 재차 곱씹어 보면
거기에 미처 다 말하지 않은 우리 인생의 철리(哲理)가 잠복해 있음
을 알 수 있다. '오늘'은 '그때'의 석연치 않은 일을 반문한다. '내일'이
질문의 범주로 설정한 '그때'는 아마도 질문받는 자의 '오늘'일 것이
다. 이윽고 생애의 종막에 이르러 '죽음'이 그 전체를 가늠하는 치명
적인 질문을 던질 때, 어떤 답변을 내놓아야 할지가 의문이다. 시인은
여기에 답변의 일절도 제시하지 않았다. 그는 어쩌면, 그와 함께 우리
도 시인이자 도인(道人)이기를 요구하는지도 모른다. 이 엄혹한 질문
앞에 우리 누구나 초심자로 그칠 수 없기에 그렇다.

5. 삶의 강역과 생태 환경을 위한 시

나라와 나라 사이의 경계를 두고 강역(疆域)이라 한다. 이 넓은 개
념을 원용하면 시인이 자신의 시를 펼쳐두고 있는 내면세계의 범주
를 시적 강역이라 할 것이다. 양광모 시인의 정신과 영혼이 미치는 강
역은 다양다기하며, 시의 숨결에 따라 경쾌하면서도 진중하고 경이
로우면서도 웅숭깊다. 이러한 다채로운 시 세계는 4부에 이르러 「포

항으로 가자」나「구룡포 과메기」에서 시인 자신이 살고 있는 땅, 곧 포항과 같은 이 나라의 소도시를 애정 어린 눈길로 관찰하기도 하고, 「꽃이 되고 싶은 날 많았으나」나「지구」에서는 우리 모두의 삶터인 지구에 대해 날 선 경각심을 환기하기도 한다. 그것은 또한「오늘 다시 역사가 묻는다」같은 시에서 우리 삶의 이력에 대한 관심으로도 나타난다. 중요한 것은 늘 바람과 별을 노래하는 이 감성 시인, 음유 시인이 오히려 현실의 구체성과 그 생태 환경에 굳건하게 발을 두고 있다는 것이다.

지구에 손님으로 오는 것이다
이곳저곳 함부로 어지럽히지 말고
얌전히 머물렀다 돌아가야 하는 것이다

손님과 손님끼리 만나는 것이다
자기 집인 양 으스대지 말고
제 세상인 양 거들먹거리지 말고
서로서로 깍듯이 예의를 갖춰야 하는 것이다

삶에 손님이 찾아오는 것이다
이웃이라는 손님,
친구라는 손님,
사랑이라는 손님이 찾아오는 것이다
내가 가진 가장 귀한 것들로
정성껏 그들을 대접해야 하는 것이다

죽음이 마지막 손님인 것이다
비록 불청객일 것이나

그가 전해주는 초대장을 받아들고
새 별을 방문하러 나서야 하는 것이다

무엇을 선물로 들고 가야
따뜻한 환영을 받을 수 있을지
손님의 자세를 생각해 봐야 하는 것이다
지구에게는 내가 어떤 손님이었는지
곱씹어봐야 하는 것이다

– 「손님」 전문

시적 화자는 인간의 존재가 '지구에 손님으로 오는 것'이라고 언명(言明)한다. 동시에 인간과 인간의 관계 또한 '손님과 손님끼리 만나는 것'이라고 단언한다. 그러므로 타자와의 만남을 두고 '삶에 손님이 찾아오는 것'이며 그러기에 '가장 귀한 것들'로 정성껏 대접해야 한다는 논리를 확립한다. 마치 우등생의 모범답안과도 같으나 신선하고 창의적이다. 이 시의 가장 돋보이는 강세는 '죽음이 마지막 손님'이라는 데 있다. 이를 두고 '새 별을 방문'하는 것으로 인식하며 그로써 지구에서의 '손님의 자세'를 성찰해 봐야 한다면, 시인은 이 짧은 시 한 편에 인간의 삶이 가진 철학적이고 운명론적인 정체성을 모두 포괄한 셈이 된다. 그의 시가 쉽게 읽히지만, 결코 쉬운 시만이 아니라는 증좌다.

시인이여,
원고지 뭉치를 집어 들고
불의의 머리를 힘껏 내리쳐라

시인이여,
펜을 힘껏 손에 쥐고
악의 심장을 깊숙이 찔러라

만약 그대의 시가
새벽 나절 잠깐 반짝이다 사라지는
한 줄기 여명이 아니라
인류에게 생명과 희망을 주며
영원히 뜨겁게 타오르는
프로메테우스의 불이 되기를 원한다면

시인이여,
그대의 시를 날카로운 창으로
거짓과 불의의 몸통을 뚫어버려라
죄와 악의 숨결을 끊어버려라
농부가 아닌 전사가 되라

시여, 너는 무엇을 위해 존재하는가
시인이여, 너는 누구를 위해 존재하는가

– 「시인이여, 전사가 되어라」 전문

　시인은 언제 어디서나 편안하게 풀어져 있고 손쉽게 접근하여 대화할 수 있을 것 같은 시를 보여주지만, 그 배면에 인용의 시에서 보는 바와 같이 강고(強固)한 결의와 추동력을 숨겨 두고 있다. 그렇다. 이 시인의 세계가 한없이 여리고 감각적일 수 있기 위해서는, 이토록 완강한 사세(事勢) 판단과 의식의 절제 또는 열정이 뒷받침되어 있어야 했는지도 모른다. 시인은 원고지로 '불의의 머리'를, 펜으로 '악의 심장'을 대적할 수 있을 것으로 믿는다. 거기 저 고색창연한 신화의 '프로메테우스의 불'을 소환하기도 한다. 시인은 시인에게, '농부가 아닌 전사'가 되라고 요청한다. 그것이 시의 존재 양식이라고 확신하는 상황이다. 이처럼 활달하고 힘 있는 시를 수긍하면서, 우리는 이 시인이 우리에게 공여하는 사유(思惟)의 저력과 그 영향력을 흔연(欣然)한 수맥처럼 받아들이게 된다.

이제까지 우리는 양광모 시인의 20시집 『꽃멍』을 함께 읽었다. 어쩌면 그의 시에는 이와 같은 해설이나 비평이 필요하지 않을지도 모른다. 그의 시가 이미 독자에게 편의하도록 쉽고 감동적이며 깊이 있는 안내를 겸하고 있기에 그러하며, 자칫 비평이 시를 만나는 기쁨이나 은밀하고 독자적인 해석을 방해할 수 있을 것이기에 그러하다. 하지만 그 의미나 감동을 보다 정색으로 가늠해 보는 일도 긴요하기에 이 글이 있다. 다만 시인과 독자가 더불어 반추해 보아야 할 일 하나는, 한정된 시간에 너무 많은 시의 생산이 초래할 시적 긴장감이나 미학적 가치의 하락에 유의해야 한다는 것이다. 하늘의 은사는 공평해서 양과 질을 함께 허락하는 경우가 드물기에 하는 말이다. 그러나 양광모 시인을 아끼고 사랑하는 많은 독자들은, 그의 시를 만남으로써 그지없이 행복했고 앞으로도 그러할 것이다. 이 작고 소박하고 소중한 행복이 오래도록 우리 곁에 있기를 바라마지 않는다.